2022
청 소 년
유행어 백과

2022 우리들의 언어 생활 탐구 백과

경구중학교 17색

목

C O N T E N T S

차

'각양각색의 17인의 모임'이라는 의미를 담은 경구중학교 책쓰기 동아리 '17색'의 저서 『2022 청소년 유행어 백과』가 출간되었습니다.

새로운 학기가 시작되고 들뜬 기대는 쉽사리 가라앉지 않습니다. 텅빈 겨울이 지나 꽃 피는 봄이 오면, 새로운 학생들이 그들만의 학교를 채워갑니다. 새로운 학급의 담임으로서의 설렘은 물론 이루 말할 수 없이 기쁘지만, 저에게는 조금 특별한 만남이 시작되는 시기이기도 합니다. 3월이면 아이들과 서먹한 인사를 나눈 지 얼마 지나지 않아 새로이 책 한 권을 써내려갈 책 쓰기 동아리의 작가를 모집합니다. '책을 쓴다'라는 행위와 목적에 대한 거부감이 들 법도 한데 아이들의 관심도는 언제나 기대를 상회합니다. 두려움보다는 호기심과 기대감으로 똘똘 뭉친 아이들은 쉼 없이 아이디어를 뿜어냅니다. 소설, 수필, 시집 등 다양한 장르의 책들을 읽으며 아이들은 고뇌합니다.

한참의 고민 끝에 아이들이 선택한 주제는 '유행어'입니다. 인터넷, 방송 매체의 발달로 소통의 장은 한층 넓어졌습니다. 보다 다양한 사람들과 새로운 수단을 통한 소통 방식 또한 다양해졌습니다. 말과 글로만 이루어지던 대화는 영상과 사진을 즉각적으로 전송하는 소통이 가능해졌고, 표정과 억양이 아닌 이모티콘으로 말하는 이의 복잡한 감정을 표현하기도 합니다. 시간과 공간의 제약을 줄여주고, 복잡한 상황을 간결하게 설명할 수 있도록 도와주는 새로운 '매체'의 등장은 소통에 있어 경제성을 높여줍니다. 빠른 시간에 많은 내용을 효율적으로 전달합니다. 이러한 대화는 MZ세대의 대화 방식에도 영향을 미쳤습니다. 기존의 단어들을 줄이거나 합성하여 새로운 단어를 만들어내고, 여러 매체를 통해 자신들만의 은어를 구축해 나가기도 합니다.

기술의 발달, 매체의 발달이 빠른 만큼 언어의 변화도 빠릅니다. 아이들과 하루의 절반을 함께 생활하는 저에게도 그들의 언어생활은 생소한 부분이 많습니다. 아이들에게 세련된 어른이자 친숙한 선배가 되고 싶은 우리 어른들에게 아이들과의 소통은 하나의 숙제가 아닐까요.

그래서 우리 17색은 준비했습니다. '아이들과 어른들의 소통의 교두보로 2022년에 사용되는 유행어를 소개하고 의미를 정의하며, 그 쓰임의 옳고 그름을 알려 주자. 이를 통해서 세대 격차를 좁히고, 우리들의 언어생활을 다시금 정비할 수 있는 기회를 마련해보자'고. 『2022 청소년 유행어 백과』를 통해 여러분의 언어생활이 보다 원만해지기를 바라며 아이들의 말과 글을 담아보았습니다.

지도교사 **김준성**

어려운 요즘 말!?

- 유행어와 신조어 -

지도교사 김준성

어려운 요즘 말!?

-유행어와 신조어-

'어쩔티비', '쿠쿠루삥뽕' 아이들의 이야기에 귀기울여 듣다보면 알 수 없는 말들이 들린다. 어쩔? TV? 도대체 저 단어는 무엇이기에 아이들이 모두 알아듣고 웃음을 자아내는 것일까. 또 '그들만의 새로운 언어가 유행하기 시작했구나' 하는 생각이 들곤 한다.

언어가 생겨난 이래로 이렇게나 역동적인 변화의 시기가 있었던가 하는 생각이 들 정도로, 한 해에도 무수히 많은 말들이 생겨났다가 그 힘을 잃어간다.

어떠한 사건이 계기가 되어 짧은 시간 사람들 사이에서 즐겨 쓰게 되는 말을 우리는 '유행어'라고 한다. 유행어의 형성과 전파는 다양한 방식으로 이루어지지만, '인터넷'이라는 매체의 발달 전과 후로 그 확산의 속도와 범위는 비교할 수 없이 증가했다. 또한 짧은 시간 사용되던 유행어의 수명 또한 가늠할 수 없게 되었다. 금세 사라지는 단어들이 있는가 하면, 수년에 걸쳐 우리 언어 속에 뿌리내린 단어들도 존재한다.

유행어에 대해 이해하고자 한다면 '신조어'와 그 형성과정에 대한 이해가 필요하다. '신조어'란, 새로이 생긴 말 또는 새로이 귀화한 외래어를 말하며 통상 한 언어공동체 안에서 새로 생겨난 말을 의미한다. 신조어의 형성은 통상 단어와 단어의 합성에 의해 생겨나며 개별 단어만으로 유행이 일어 사용되는 경우는 매우 드물다.

신조어의 전파는 대다수 대중매체를 통해 이루어진다. 과거에는 신조어의 전파를 TV, 라디오 등 방송매체를 통해 등장하는 연예인, 개그맨 등의 공인들이 선도하는 것이 일반적이었으나, 최근에는 개인 방송 혹은 온라인 커뮤니티를 통해 한 개인에 의해 생성되고 전파되기도 한다. 생성은 다른 출처로 이루어졌으나 SNS에서 다수의 팔로워를 보유한 '인플루언서'의 사용으로부터 유행어가 선도되기도 한다.

화두에 오른 유행어는 일순간 언어 공동체 내의 사람들에게서 사용의 빈도가 높아지며 일정 기간 동안 회자된다. 그러나 모든 유행어가 순간에 효력을 발휘하고 사라지는 것은 아니다. 실제로 2011년경 시작된 '잠수타다', '드립치다'와 같은 유행어는 아직도 우리 일상에서 사용되며 우리 언어 생활에 자리를 잡아가고 있다.

신조어 왜 쓰는거야?

1. 경제성

　신조어를 형성하는 대표적인 방식 중 하나는 말 줄임이다. 긴 음절의 단어, 혹은 문장을 핵심이 되는 음절만을 활용하여 표현한다. 나아가 음절이 아닌 초성만을 활용하여 낱말을 대체하기도 한다. 긴 문장을 짧게 줄여 표현할 수 있다는 것은 상호간 소통만 가능하다면 기존의 표현방식에 비해서 긴 문장을 압축적으로 표현할 수 있다는 장점을 가져오게 된다. 10대, 20대의 신속성을 중시하는 세대들에게 이러한 표현은 시간적 효율성을 올릴 수 있는 경제적인 수단이 되었다.

2. 우리들만의 이야기

　성년이 되기 전, 청소년기의 아이들을 어른들로부터의 독립을 요하는 특성을 보인다. 같은 집단을 이루는 가족, 학교에서도 함께 생활하는 또래와의 유대를 형성하며 부모님, 선생님으로 대표되는 어른들에 대한 자신들만의 공간을 형성하기를 원한다. 그러나 경제적 독립이 어려운 청소년들에게 어른들과의 독립은 생각만큼 쉬운 일이 아니다. 공간적 분리가 어려운 학생들에게 '신조어'란 독립된 '매체'를 만들어낼 수 있다. 그들이 보다 잘 사용할 수 있는 '매체'인 '인터넷'과 '스마트 기기'들을 중심으로 그들만의 대화방식을 구축하고 자신들만의 언어를 활용한 대화의 장을 마련한다.

3. 친밀감 형성

　본인들만의 공간에서 형성되는 언어는 상상 이상으로 빠르게 변화한다. 공간 속의 공간을 형성하고, 같은 매체 속에서도 새로운 언어를 형성하여 새로운 집단을 형성한다. 같은 언어를 사용하는 사람들은 그들만 아는 단어와 소통방식을 통해 타 집단과 단절된 방식의 대화를 통해 '그들만의 유대'를 형성하여 친밀도를 향상시키곤 한다. 거리에서, 학급에서 아이들이 자기들만의 대화로 서로의 웃음을 자아내는 모습을 생각해보자, 아이들이 알 수 없는 언어를 쓰며 본인들끼리 배꼽을 쥐고 웃는 모습을 보자면 이러한 유대가 설명되지 않을까.

온라인 상에서 쓰인,
혹은 생성된 유행어

우현서, 김도윤

온라인상에서 쓰인,
혹은 생성된 유행어

　'잼민이', 'ㅋㅋㄹㅃㅃ', '알잘딱깔센' 이라는 유행어를 알고 있는가. 알고 있다면 어디서 어떻게 생겨났는지도 알고있는가. 놀라운 사실은 이 단어들은 모두 온라인상에서 생성되었다는 것이다. 정보통신기술의 발달로 온라인상에서 많은 유행어들이 생겨나고 있습니다. 정보통신기술에 익숙하지 않다면 그러한 유행어들에도 익숙하지 못하고, 온라인뿐만 아니라 오프라인상에서도 대화에서 소외감을 느끼거나 심한 경우에는 유행어들을 잘 아는 사람과 그렇지 않은 사람 간에 차별을 받을 수 있게 된다. 따라서 시대의 변화를 따라가기 위해서 그러한 유행어들을 일부 알고 있을 필요가 있다. 이번 챕터에서는 그것들의 일부를 소개할까 한다.

1. 잼민이

　잼민이는 2019년 하반기쯤 트위치(미국 아마존사의 인터넷 방송 중계 사이트이며 전 세계 최대 인터넷 방송 플랫폼)에서 만들어진 신조어로, 여러 곳에서 민폐를 끼치는 예의 없는 저연령층을 지칭할 때 혹은 모든 저연령층을 통틀어 지칭할 때 사용되는 용어이다. 처음엔 정말 귀엽고 재밌는 초등학생을 지칭하는 말이 었는데, 온라인 게임 등에 참여한 아이들의 무례한 행동에 화가 난 어른들이 예의 범절이 없는 낮은 연령층을 비꼴 때 사용하면서 뒤에서 설명하게 될 '급식충' 같은 혐오 표현으로 자리 잡았다.

유행어 '잼민이'의 시작은 트위치 어린 남자아이 목소리 재민에서 비롯되었다. 트위치 시스템에서는 시청자가 자신의 채팅을 기계 음성으로 소리내어 읽을 수 있도록 하는 기능이 있으며 이를 TTS라고 칭한다. '재민이'는 이때 선택할 수 있는 여러 종류의 기계 목소리 중 하나이다. 해당 특유의 초등학생 같은 목소리가 웃음을 주어서 '트수'라 불리우는 트위치 시청자들이 해당 TTS 이름에 트위치에서 많이 사용되는, 주로 웃음을 주는 대상에게 붙이는 '잼-'을 붙여 잼민이라는 용어를 탄생시켰다. 이후 잼민이가 해당 TTS를 일컫는 용어로 자주 사용되다가 어린 연령층을 일컫는 용어로 발전하게 되었다.

이 단어는 아주 다양하게 사용된다. 트위치뿐만 아니라 유튜브나 틱톡을 포함한 다양한 플랫폼과 SNS를 통해서 확산되었다.

사용 예

게임하는 방식이 초등학생 같거나 어린이 같은 행동을 하는 사람에게 비난조로 쓰는 말

A : 저 잼민이 플레이 오지게 못하네

B : 카트(카트라이더)하는 잼민이 특징

C : 잼민이 하이(=초딩아 안녕)

D : 잼민이 뭐 필요한거 없니?(=초딩아 너 뭐 필요하니?)

E : 저 아무래도 잼민이한테 사기 당한 것 같습니다┰

F : 중고 사기 친 잼민이 경찰서 가서 참교육 하고 왔습니다.

위의 대화사례에서도 볼 수 있듯이 '잼민이' 라는 단어를 들으면 기분이 불쾌할 수 있다. 초록우산어린이재단이 2022년 3월 전국 초등학교 4학년~고교 2학년 학생을 대상으로 잼민이라는 단어 사용에 관해 설문조사를 한 결과 10명 중 7명이 '잼민이'를 사용하지 말아 달라고 했을 정도로 잼민이라는 단어는 어린이들의 기분을 불쾌하게 할 수 있다. '잼민이' 뿐만 아니라 다양한 유행어와 신조어들이 실상 속에서 사용되며 상대의 기분을 나쁘게 하고 인간관계를 멀어지게 할 수 있다. 따라서 '잼민이'를 포함하여 유행어와 신조어를 사용할 때에는 그 말의 부정적 영향을 고려하며 사용해야 한다.

2. ㅋㅋㄹㅃㅃ

'ㅋㅋㄹㅃㅃ'은 트위치에서 방송을 보는 사람이 방송 진행자에게 도네이션(후원금)을 제공할 수 있다. 이 후원금을 지급할 때 특정한 목소리와 대사를 입력하면 돈과 함께 대사가 방송 상에 나타나게 된다. 그런데 여기서 목소리를 여러 가지 캐릭터로 설정할 수가 있다.

여러 캐릭터의 목소리 중 '찬구'라는 캐릭터의 특유의 웃긴 목소리와 '쿠쿠루빙뽕'이라는 완전히 뜬금없는 대사가 같이 어우러지면서 그 절묘함에 사람들이 널리 사용하기 시작했다. 또 ㅋㅋㄹㅃㅃ이라는 초성에서 볼 수 있듯이 의미는 딱히 없다. 왜냐하면 사실상 뜻 자체보다는 이 단어가 풍기는 느낌, 뉘앙스가 중요하기 때문이다.

그리고 이 단어가 점차 퍼지게 되면서 유튜브, 틱톡 등의 많은 커뮤니티 및 카카오톡과 같은 메신저에서 댓글 및 채팅으로, 심지어 오프라인상에서까지도 이용하는 상황으로 이어졌다.

사용 예
(메신저에서 친구에게)

A : 아 이거 사고 싶다.

B : 난 샀는데 ㅋㅋㄹㅃㅃ

(현실에서 상사에게)

A : 이대리 내가 준 건 다 끝냈나?

B : 덜했는데요 ㅋㅋㄹㅃㅃ

위의 대화 사례에서 볼 수 있듯이 같은 'ㅋㅋㄹㅃㅃ'을 사용하더라도 대화 상황 및 대상을 고려하여 적절하게 사용한다면 재미를 유발할 수 있겠지만 그렇지 않다면 오히려 역효과가 나서 상대방의 기분이 상당히 불쾌해지는 상황이 발생할 수 있다. 따라서 'ㅋㅋㄹㅃㅃ'을 포함하여 유행어와 신조어를 사용할 때에는 그 말의 부정적 영향을 고려하며 사용하는 게 바람직할 것 같다.

3.어쩔티비

'어쩌라고 안 물어봤는데'라는 뜻의 신조어로, 10대 초중반에서 시작되었다가 커뮤니티 와 개인방송 등으로 점차 퍼져나가면서 유행어가 된 단어이다.

'어쩔' 뒤에 다양한 가전제품 이름을 붙여 말하기도 한다. 최근에는 '어쩔티비' 대신 '어쩔냉장고', '어쩔인덕션', '어쩔건조기' 등의 응용 버전으로도 쓰이고 있다. 일반적으로 아래와 같이 쓰인다.

사용 예

A : 나 이거 새로 샀다. 부럽쥬?

B : 응~ 어쩔티비

또한 배우 신혜선이 SNL에 출현하여 '어쩔티비'를 유행시킨 사례도 있다.

(SNL대사)

주현영 : 어쩔티비

신혜선 : 저쩔티비

주현영 : 어쩔 냉장고

신혜선 : 응~ 저쩔 세탁기

주현영 : 어쩔 스타일러

신혜선 : 저쩔 가습기

주현영 : 어쩔 초고속 진공 블렌딩 믹서기

신혜선 : 어쩔 어쩔 저쩔 저쩔 안물티비~안궁티비~뇌절티비 우짤래미~저짤래미~쿠

쿠루삥뽕 지금 화났쥬? 개킹받쥬? 죽이고 싶쥬? 응~못죽이쥬? 어 또 빡치
쥬? 아무것도 못하쥬? 아무것도 못 하쥬? 그냥 화났쥬? 냬~냬~냬~냬~알겠
셉니대. 아무도 안물안궁~어? 물어본사람? 궁금한 사람? 응 근데 어쩔 티
비쥬? 약 올리쥬? 응~어쩔저쩔 안물 안궁 숙숙숙숙 시발러마

이처럼 유행어들은 듣는 사람을 웃길 수 있지만, 인터넷에 어쩔티비를 입력하
면 추천검색어로 대처법, 반박 등 뒤를 잇는데 있어 유행어가 상대를 답답하게 하
고 기를 죽이는 등 감정을 상하게 할 수 있다는 점에서 부정적 영향이 있다.

4.킹받네

2018년 후반부터 트위치 스트리머 침착맨은 방송에서 하찮은 일에 '열받네?',
'열받게 만듭니다'와 같이 열받는다는 말을 자주 사용하였고 이게 자연스럽게 시
청자들에게 전염되어 유행하게 되었다.

이후 강조의 뜻으로 '킹'이나 '갓'의 접두사를 단어 앞에 붙이는 그 당시 트렌
드에 따라서 '킹'과 '열받네'를 합성하여 '킹받네'라고 했고, 이같은 표현이 굳어
져 현재까지 이어지고 있다.

확장된 유행어로는 '펄받네'가 있다. '펄'은 전 웹툰 작가이자 현 개인 방송인
주호민의 별명이다. '펄'과 '열받네'를 합성하여 '펄받네'가 탄생하였고 의미는
'킹받네'와 마찬가지로 '열 받는다', '화가 난다'는 뜻이다. 또 다른 의미로 주호민
을 열받게 하거나 주호민이 화가 난 상태를 의미하기도 한다.

매우 화가 난다는 뜻의 '열받네'의 앞 글자를 영어 King으로 바꾼 표현이다.

매우 열받았음을 나타내는 말이지만 '열받네'의 부정적인 의미는 거의 없어지고, 킹이 주는 귀여움이 더해져 '긍정적인 열받음'이라는 묘한 의미가 됐다.

'진짜 잘생겨서 킹받네' 등 격한 애정을 표현할 때도 이 단어를 사용한다.

사용 예

A : 나 이거 새로 샀다 부럽쥬?

B : 응~ 어쩔티비

A : 킹받네

또한 최근 '킹받네'는 'KG받네', '킹받으라슈'등의 표현으로 변화되어 사용되기도 한다.

5. 짤(방)

이 대중적인 신조어가 시작된 곳은 커뮤니티 게시판 '디시인사이드'이다. 본래 디지털카메라 전문 사이트였던 '디시인사이드'는 게시판이 아닌 사진을 동반한 게시물의 작성이 가능했기 때문에, 글을 올릴 때 각 갤러리 주제에 맞는 사진을 올리지 않으면 운영자에 의해 삭제되기 마련이었다. 그로 인하여 해당 커뮤니티에서는 부정한 게시글을 신고하는 사유로 '사진 없음'이 존재했다.

이로 인해서 사진이 없어 게시글이 삭제되는 행위를 방지하기 위해 사람들은 사진을 게시하기 시작하였고, 삭제되다의 의미를 '잘리다'라는 표현으로 사용하며 '잘림 방지'라는 말이 사용되었으며, 이를 줄여 '짤방'으로 부르기 시작했다. 현재는 이를 더 줄여 '짤'이라는 표현으로 사용되기도 한다.

이 후 '짤'의 의미가 확대되어 사진뿐만이 아니라 인터넷에 게시된 모든 사진을 '짤'이라고 부르게 되었다.

사용 예

A : 야 어제 그 사진 봤음?

B : 어 나 사진 봤음

A : (움직이는 사진 파일을 보여주며) 이 짤 봤음? ㅋㅋㅋ

B : 오 이 짤은 못 봄 ㅋㅋㅋㅋ

6. 알잘딱깔센

'알아서 잘, 딱, 깔끔하고 센스있게'의 줄임말이다. 유명 게임 스트리머 '우와 굳'은 평소 시청자와 말다툼을 자주하는 방송인으로 이미지가 잡혀 있다. 채팅 창에서 도를 넘거나, 과도한 요청을 하는 시청자들이 꽤 있어 이들과의 논쟁적인 대화를 자주 한다. 이때 상황을 정리하는 데 '알잘딱깔센'을 주로 사용한다.

사용 예

A : 지난번 일은 알잘딱깔센 처리 했지?

B : 예! 알잘딱깔센 처리했습니다.

'알아서 잘, 딱, 깔끔하고 센스있게'처럼 긴 단어를 '알잘딱깔쎈'으로 줄여 사용할 수 있다는 장점을 가진 줄임말들은 유행어라지만 마치 우리말이 아닌 것처럼 들리는 등 그 뜻을 모르는 사람이 들었을 때 대화 속의 소외감을 느끼거나 뜻에 대해 오해할 수 있다. 따라서 뜻을 분명히 하여 사용할 필요가 있다.

7.갓생

원래는 아이돌 팬덤 사이에서 쓰이던 말이었다. '덕질'(아이돌 팬으로서 활동을 하는 일)에 과하게 몰입 하는 것을 잠시 멈추고, 자신의 본분(학업, 직장 등의 현실 생활)을 다 하겠다는 사용되었다. 지금은 바른 생활을 하는 이들의 생활양식이나, 생산적이고 계획적인 태도의 삶을 부르는 말로 범위가 확장되었다. 현실 생활에 집중하면서, 세운 계획을 실천해 나가는 성실하고 생산적인 삶을 의미한다.

사용 예

A : 너 숙제 다 했음?
B : 아니, 내일부터 갓생 살아야지

8.뇌절

뇌절은 일본의 유명한 만화 '나루토'의 등장인물 중 하타케 카카시가 사용한 기술 '뇌절'에서 파생된 유행어다.
위의 기술명은 인터넷 한 커뮤니티에서 2017년경 사용되기 시작한 것으로 추정된다.

번개를 자르는 기술로서 스토리의 초반부에는 강력한 기술로 취급되던 그의 주력기 '뇌절'은 작품 후반부로 갈수록 더 강력한 상대들의 등장으로 무용지물인 기술로 인식되기 시작했고, '불필요한 행동', '과한 반복행위' 등을 나타내는 단어로 굳어지기 시작했다.

'뇌절'의 본래 뜻은 뇌의 회로가 끊어지듯 사고가 정지된 상태를 의미한다. 이 같은 의미가 더해져 똑같은 언행이나 행동을 지속해 상대방을 불편하게 하거나 분위기를 망치는 상황을 의미한다.

다소 부정적인 의미로 쓰이기에 누군가 생각 없이 말했을 때 "너 뇌절 그만해." 등으로 활용된다. 아래와 같은 상항에서 사용된다.

> ▎사용 예 ▎
>
> A : 응~어쩔티비~저쩔티비~안물티비~안궁티비~ 우짤래미~저짤래미~쿠쿠루삥뽕 지금 화났쥬? 개킹받쥬? 죽이고 싶쥬? 응~못죽이쥬? 어 또 빡치쥬? 아무것도 못 하쥬? 아무것도 못 하쥬? 그냥 화났쥬? 냬~냬~냬~냬~알겠샙니대
>
> B : 무래는거야 과하네...
>
> C : 뇌절이다..

9. 레게노(LEGENO)

'레게노'는 '레전드'를 의미하는 단어이다. 트위치 스트리머 '우왁굳'의 마인크래프트 콘텐츠 방송 중 피곤했던 '우왁굳'이 아내 '엔젤'에게 방송을 잠시 맡긴 상황이었다. 엔젤이 건축물에 쓰여진 '레전드(LEGEND)'를 '레게노(LEGENO)'로

잘못 읽었고 이는 시청자들에게 유희거리로 여겨지면서 유행이 되었다. 이후 '레전드'의 동의어로써 '우왁굳' 스트리밍에서만 사용되었다가, 특유의 어감 덕분에 여러 트위치 스트리머 방에서 사용되기 시작하면서 '레전드'에서 '레게노'와 같은 동의어가 인터넷에 퍼지게 되었다. '정말 대단하다.', '최고다.' 등의 의미를 지니고 있다.

사용 예

(프로게이머가 실력으로 상대방을 압도하는 상황)

A : 와 저 프로게이머 왜 저렇게 잘하냐??

B : 그러게 진짜 잘하네

A : 실력 레게노다 ㄷㄷ

10. 많관부

정확히 어디에서 유래되어 사용되기 시작했는지는 명확하지 않고 유튜브와 인터넷 방송에서 유래되었다고 알려져 있다.

많관부는 '많은 관심 부탁드립니다'의 줄임말로, 주로 SNS 상에서 사용되는 신조어다. 유튜브, 인스타그램, 트위치 등의 플랫폼에서 자주 사용되며, 홍보 목적으로 많이 사용된다.

A : 다음 주에 발매하는 앨범 많관부요

사회를 풍자·
비판하는 유행어

이인영, 이원준

사회를 풍자 · 비판하는 유행어

챕터를 들어가며

젊은 층이 사용하는 유행어라고 해서 무조건 유희만을 추구하며 비속적인 표현인 것은 아니다. 다양한 사회적 이슈와 부정적 세태를 풍자하는 유행어들도 실제로 다수 존재한다.

1. 화성 갈끄니까

'화성 갈끄니까'는 '나몰라패밀리 핫쇼'라는 유튜브채널에서 나오게된 유행어이다. 2021년 갑자기 일어난 주식붐 덕분에 테슬라가 주목을받자 위의 유튜브채널에서 '전남 영광 출신 나일론머스크'라는 컨셉으로 일론머스크의 프로필사진에 딥페이크 기술을 사용하여 일론머스크가 마치 한국말을 하는 것 같은 영상을 업로드했다. 처음에는 테슬라 주식, 도지코인, 스페이스X 등과 관련해서 머스크를 풍자해서 비판하기 위함이었다. 하지만 그 이후 일론머스크가 한국 노래를 편곡하여 부르는 영상을 업로드 하였고, 올리는 영상마다 족족 반응이 폭발적이었다, 그래서 머스크 페르소나로는 이쪽이 사실상 메인 코너가 되어버렸다.

이 유행어는 어떠한 일이 잘 풀리고 있거나 그러하기를 염원할 때 사용한다. 이것은 온라인보다는 오프라인 즉 현실에서 더 많이 사용된다.

사용 예

A : (주식이 오르고 있는 상황)

　"화성 갈끄니까~"

A : 너 정말 잘 할 수 있어?

B : 당연하지, 화성 갈끄니까~

A : (게임 내에서 이기거나 유리한 상황에서)

　오, 잘 풀린다! 화성 갈끄니까~

또한 이 유행어는 단짝과 같은 말이 있는데 그것은 바로 'A~안녕하세요. 일론머스크입니다.'이다. 이 말 또한 위의 유튜브 채널에서 나온 것으로 일론머스크가 자기소개 할 때에 사용하였다. 이것의 사용법은 일론머스크입니다에서 일론머스크를 풍자할 대상으로 바꾸어서 사용한다. 또는 자신을 소개 할 때에 사용하여 사람들의 웃음을 유발하기도한다,

사용 예

(자기소개를 할 때)

A : A~안녕하세요. 김 아무개입니다. 제가 추진하는 것은 이것인데... 화성 갈끄니까~

이 유행어는 '일론머스크'나 '나몰라패밀리 핫쇼'를 모르는 사람에게 사용한다면 웃음보다는 썰렁한 분위기를 조성할 수 있으니 이 점에 유의하여 사용해야 한다.

2. 대륙의-

초창기에는 중국에 대한 비판적 단어였다가 점차 의미가 확장되어 중국뿐만이 아닌 땅이 넓은 나라에서 일어나는 온갖 신기한 일에 대해 중립적으로 감탄하는 단어로 쓰이고 있다. 어디까지나 중립적인 단어이기 때문에 굉장한 일에 대한 찬사적 의미를 가지기도 하고 조롱적 의미를 띨 수도 있게 된다.

대륙의 기상이라는 유행어가 퍼진 이유는 중국이 다른 국가에 비해 신기한 일이 자주 일어나기 때문이다. 그도 그럴것이 중국은 세계에서 가장 많은 인구수를 보유하고 있다. 따라서 그만큼 사건도 많이 발생할 수밖에 없다. 또한 중국과 한국은 지리적으로 가깝고 중국은 별별 사건이 일어나기 쉬운 개발도상국임에도 인터넷의 보급률이 높아 사건이 빠른 속도로 확산되기 때문이다.

설명을 위해선 사진이나 영상 같은 시각자료가 필요하기 때문에 오프라인보다는 온라인에서 많이 사용되고 있다.

사용 예

A : 대륙의 불타는 강

　"저장성 원저우시의 강물 위에 누군가 담배꽁초를 투척하자 불이 옮겨붙었어"

B : 중국에서 산 아이폰8이 103%까지 충전되더니

"삼성로고가 뜨면서 재부팅 되고 있어 아무나 나 좀 살려줘~! 대륙의 삼성제 아이폰."

C : 대륙의 미세먼지

"미세먼지가 허베이성 싱타이시를 뒤덮은사진, AQI 기준 631이라고 한다."

D : 대륙의 아파트

원가절감을 위해 뼈대를 철근대신 대나무로 썼다고 한다.

이렇듯 이 유행어는 대륙의 'OO형식'으로 사용된다. 의미를 확장해서 중국내의 일이 아닌 '그 밖의 대륙에서 일어나는 일'로 의미가 변형되었다.

비슷한 예로 미국과 관련된 일화를 '천조국의 - ', 일본은 '열도의 -', 우리 나라를 '반도의 -', 러시아를 '불곰국의 -', 산유국에 대해서는 '석유국의 -' 등으로 표현하는 것을 찾아볼 수 있다.

사용 예

A : 천조국의 전차

사진에 나오는 M4셔먼 전차는 1942년부터 종전까지 3년간 9,234대가 생산되었다.

B : 불곰국의 주거침입

영토가 넓기때문에 불곰들이 많이 서식하여 가끔씩 불곰이 민가로 내려오는 경우도 있다.

C : 석유국의 구름 위

　　두바이는 급속한 성장을 통해 엄청난 규모의 신도시와 건물들을 도시 곳곳에 지었다.

　　반대로 중국을 중국제 상품이 오히려 효용성이 좋을 경우 다시금 '대륙의 -'를
비꼬아 사용하는 경우도 존재한다.

A : 대륙의 실수

　　이 말은 대륙의 기상과는 반대로 중국에서 무언가 굉장히 현실적이고 좋은 일
이 벌어진다면 대륙의 실수라고 하며 감탄한다. 대표적 예로 중국산이지만 가성
비가 뛰어나고 성능마저 뛰어난 제품들을 칭찬할때 사용한다.

　사용 예

A : (물건을 쓰다가 중국산인 것을 확인 했을 때) 이게 중국산 이라고?! 말도 안 돼
　　이건 대륙의 실수야!
B : (중국산 제품의 작동이 잘 될 때) 이게 왜 잘 되는거야! 이건 대륙의 실수다!

　　이렇듯 이 유행어는 대륙(중국)이 좋은 것을 만들지 못한다는 인식이 박혀있어
생겨난 유행어이다.

3. 멈춰!

이것은 유튜브 알고리즘에 뉴스가 오르기 시작하며 KBS뉴스 [학교 폭력 "멈춰" 도입 후 절반 감소]라는 제목의 영상이 알고리즘에 올랐다. 이를 본 사람들이 유행어를 퍼뜨리기 시작하였고 모든 사람들이 알게 되었다. 여기까지 보았을 때는 '이게 왜 사회를 풍자 한다는 거지?'라는 생각이 들 수 있다. 하지만 이 유행어 속에는 사연이 있다.

위의 영상 제목을 보면 '도입'이라는 단어가 나온다. 그렇다 "멈춰!"는 학교폭력 예방 대책 매뉴얼에 제시된 표어이다. 그렇다면 이것이 왜 풍자의 대상일까?

이 제도는 노르웨이의 심리학자 댄 올베우스(Dan Olweus)가 창시한 "Stop Bullying!" 프로그램을 벤치마킹한 것이다. 이 제도의 목적은 '멈춰!'를 외침으로써 다른 방관자들에게 현재 이들이 취하는 행동은 잘못된 것이라는 암시를 주고, 학급 회의나 역할극을 통해 문제의식을 고찰한다는 내용이다. 하지만 우리나라에 넘어오면서 생긴 문제는 복합적인 사회적 요소나 환경, 학생 개개인의 차이 등을 전혀 고려하지 않고 마치 동물을 훈련시키듯 단순한 조건반사적 행동만을 요구하는, 원본 프로그램보다 한참 열화된 일차원적 방식이기 때문에 실현 가능성이 없어진다는 점이다. 또한 해외에서는 충분한 사전교육 후 이 제도를 도입하는데 우리는 사전교육 없이 "멈춰!" 하나만을 들고 왔기 때문에 비판의 대상이 된 것이다.

이 유행어는 "멈춰!" 앞에 어떠한 상황이나 사물, 사람의 행동을 붙여서 사용한다.

A : (친구끼리 장난을 치고있는 상황)

　　장난 멈춰!

B : (친구들이 소란스러운 상황)

　　잡담 멈춰!

C : (친구가 심부름을 시키는 상황)

　　심부름 멈춰!

D : (친구가 욕설을 하고있는 상황)

　　욕(설) 멈춰!

위의 예시들과 같이 이 유행어는 어떠한 상황이 존재해야만 사용할 수 있다. 또한 이렇게도 사용 할 수 있다.

4. 락다운(lockdown) 세대

락다운은 코로나19 방역조치로 국가, 지역끼리 고립되고 일상에서 멀어지는 현상을 의미한다. 사전적 의미인 '봉쇄'를 붙여 봉쇄된 세대를 의미하며, 코로나19로 경제가 위축되면서 취업난과 생활고, 사회적 단절을 겪고있는 청년들이 취업을 포기하는 구직단념, 우울증, 좌절감을 겪는 청년층을 락다운 세대로 표현한다.

5. 1코노미

혼술, 혼밥 등은 많이 들어보았을 것이다. 숫자 1과 경제 이코노미가 합쳐진 용어로 혼자만의 생활을 즐기며 하는 소비활동을 지칭하는 신조어이다. 혼밥(혼자 밥먹기)과 혼술(혼자 술마시기), 혼영(혼자 영화보기) 등을 즐기는 혼놀족(혼자 노는 사람들)이 증가함에 따라 1인용 식당, 1인용 도시락, 1인용 레저스포츠 등을 타깃으로 하는 시장이 점점 증가하고 있으며, 여기에 더해 혼족을 위한 여행패키지, 부동산 등도 나오고 있다고 하니 마케팅이나 최신 소비 트렌드가 반영된 단어로 보인다.

챕터를 마치며

이 챕터를 만들면서 말에도 유래가 있다는 것을 새삼 느꼈다. 유행어란 것이 알고있으면 대화가 되고 만약 모른다면 또래 사람들과 대화가 되지 않는다는 것이 안타까웠다. 그렇기에 유행어가 생길 때마다는 아니어도 한 번씩은 이 말이 어디서 왔고 또 왜 왔는지를 알아가는 것도 좋다고 생각한다. 유행어는 언제나 생기는 것 같다. 이것을 조사하기 전에 우리는 유행어에 대하여 정확히 알지 못했다. 하지만 이제는 웬만한 유행어에 대해서는 알게 되었다.

특히 '사회를 풍자, 비판하는 유행어'는 적을수록 그 사회가 살기 좋다는 것을 의미한다. 왜냐하면 사회가 좋다면 비판, 풍자할 거리도 줄어들기 때문에 유행어도 같이 줄어들기 때문이다. 이 챕터를 읽으면서 유행어 뿐만 아니라 현재 사회에도 관심을 주었으면 한다.

줄임말/합성어

이성윤, 강한솔, 최영준

줄임말/합성어

챕터를 들어가며

단어 또는 문장의 길이를 줄이기 위해 정상적인 표기에서 일부 음절 혹은 어절을 일부 생략하는 방법이 있다. 이 경우는 새로이 만든 것이 아니라 원래 있던 것들을 줄인 것이다. 이를 한마디로 정리하여 말하자면 줄임말이다.

신조어가 형성되어 만들어지는 기준은 아래와 같다.

첫째로, 단계를 통해서 기존에 있던 단어의 축약 혹은 덧붙임, 합성 등을 통해 새로운 단어가 만들어지는 단계가 있다. 둘째로, 사람들이 앞서 만들어진 신조어의 존재를 알게 되었으나 많이들 사용하지 않는 단계이다. 세 번째는, 신조어를 인식하는 사람이 증가하여 사용하는 사람 또한 늘어나는 단계이며, 네 번째는, 신조어의 언급이 일반화되며 그 의미가 명확하게 규정되는 단계이다. 다음으로, 표준어의 규정에 이를 정도의 인원이 명확한 의미로 신조어를 사용하며, 대중 매체에서 신조를 사용하는 단계이며, 마지막으로 만들어진 신조어가, 표준어로 인정되는 단계가 있다.

모든 줄임말, 합성어의 어원은 명확히 알 수 없지만, 주로 사람들 간의 대화에서 유희적 요소로서 자신들만의 말을 만들다가 파생되는 것이 대부분이다.

인터넷 상에서는 단지 단어명을 모두 쓰기 싫다는 이유로 거의 모든 말을 줄여 쓰기도 한다. 이렇게 초등학생과 중학생들 사이에서는 줄임말과 합성어를 많이 사용한다. 초등학생과 중학생의 이야기를 들어보면 이해가 안되는 말을 사용해 어른들은 못 알아듣는 경우가 생긴다.

1. 스불재

스불재란 '스스로 불러온 재앙'의 줄임말로 본인 스스로의 행동으로인해 부정적인 결과가 발생하는 것을 의미한다. '스불재'는 예를 들어 방학숙제를 미루고 계속 놀다가 방학이 일주일도 안 남았을 때, 스스로 불러온 재앙의 줄임말인 스불재를 사용할 수 있다.

사용 예

(친구와의 대화상황)

A : 야 너 방학숙제 다 했냐?

B : 나 방학숙제 계속 '내일 해야지'라고 생각 하다가 하나도 안함

A : 방학 일주일도 안 남았는데?"

B : 완전 스불재네.

2. whackflation

　whackflation의 의미는 whack(강타)+inflation(물가상승)을 합성한 단어로 갑작스러운 물가상승을 의미한다.

　whackflation은 지금 같은 코로나와 전쟁으로 인해 물가 치솟는 상태에서 사용하는 말 인 것 같다. 물론 평상시에는 사용을 잘 안하는 단어인지라 모르는 사람이 많다.

3. 꾸안꾸

　'꾸안꾸'는 '꾸민 듯 안 꾸민 듯'의 줄임말이다. 2019년 후반부터 인터넷에서부터 유행되어 이제는 일상에서도 쓰이는 용어로 자리매김하였다. 다양한 스타일 중 '캐주얼'스타일과 유사한 의미로 쓰이는 이 단어는, '포멀', '클래식' 패션과는 대척점에 있는 심플하고 단순한 스타일을 의미한다.

　일상에서 편하게 착용하기 좋은 품이 크고 편안한 소재의 옷들을 착용하되 다른 사람들이 보기에 후줄근해 보이지 않도록 포인트를 주어 신경쓴 패션을 의미한다. 꾸미는 것을 다른 사람들에게 표현하지 않고 적당하게 꾸민 경우에도 마찬가지로 이 단어가 사용된다.

　과도하게 꾸미는 것이 티가 나는 소품보다는 편안한 옷 편안한 의류를 착용하였음에도 남들과는 다른 스타일을 추구하는 현대인들의 개성이 반영되어 만들어진 단어이자, 의복에 대한 현대 트렌드를 잘 드러내는 단어라고 볼 수 있다.

4. 이학망

이학망의 의미는 이번 학기는 망함의 줄임말이다. 이건 딱 시험기간이란 특수한 시즌이었기에 나올 수 있던 말인 듯하다. 학점이 망했다는 뜻이며 중간고사 때는 기말이 남아있기에 희망을 가지지만 기말고사를 망친 시점에선 이 말을 쓰게 될 것 같다.

사용 예

A : 아.. 나 기말고사 망했다.

B : 수행평가는?

A : 그것도 망했다.

B : 아.. 이학망이네

5. 갑분싸

갑분싸의 의미는 '갑자기 분위기가 싸해졌다'를 줄인말 이다. 갑분싸는 친구가 갑자기 아재개그와 같은 썰렁한 개그를 하고 갑자기 조용해 졌을 때와 같은 상황에서 사용이 가능하다.

사용 예

A : 야, 내가 재미있는 개그 해줄게.

B : 뭔데?

A : 아몬드가 죽으면 뭔지 알아?

B : 모르겠는데?

A : 정답은 다이아몬드야ㅋㅋㅋㅋㅋㅋㅋ

B : 어때 재미있지 않아?

A : 야 진짜 갑분싸네, 그런거 하지마.

6. 이생망

이생망은 '이번 생은 망했다'의 줄임말로 '이학망'과 비슷한 뜻의 줄임말이다. '이학망'과 뜻이 비슷해서 인지 '이학망'과 비슷하게 사용을 하거나 '이학망'보다는 더 넓은 범위로 일상생활에서 사용이 가능할 것 같다. 사회 좌절을 극단적으로 보여주는 단어로서, 절망적인 시대와 사회상을 보여주는 것에 그치지 않고 삶에 대한 희망 자체를 놓아버렸음을 뜻한다.

7. 별다줄

별다줄은 '별걸 다 줄인다'의 줄임말이다. 요즘 초등학생들이 거의 모든 말을 줄여서 사용을 하여 생긴 줄임말이다. 저도 중학생이지만 이런 것을 왜 줄이나 싶은 말도 있다. 그렇기에 이 별다줄이란 말은 시대에 맞게 잘 만들어진 말이다.

사용 예

A : 야 우리 삼김 먹으러 갈래?

B : 그게 뭔데?

A : 삼김 몰라? 삼각김밥

B : 삼각김밥을 왜 삼김이라고 불러

A : 내친구들은 다 그렇게 부르던데?

B : 진짜 별다줄이네

위의 대화문처럼 일상생활에서는 사용가능한 표현이다. 이런 식으로 무분별하게 줄이는 것은 편할 지는 몰라도 적당히 줄이는 것이 한글의 고유한 문화를 해치지 않는 것 이라는 생각이 들게 하는 유행어이다.

8. 나일리지

'나일리지'는 '나이'와 '마일리지'의 합성어로 나이를 중시하는 경로 우대의 사상으로부터 시작된 잘못된 서열 문화를 비꼬는 표현이다. 동방예의지국인 우리나라는 '장유유서'의 정신에 따라 웃어른을 공경하는 문화가 뿌리 깊게 자리하고 있다. 그러나, 이와 같은 공경과 존경을 악용하는 일부 어른들에 의하여 비이성적이고, 비합리적인 방식으로 비교적 낮은 연령층의 사람들이 억압받고 무시당하는 경우가 존재한다. 능력이나 연륜이 담긴 태도, 실력이나, 합리성에 의한 판단이나 행동이 억압받고 무시당하는 상황이 말이다. 세 살배기 어린 아이에게도 배울 것은 있다고 했다. '나일리지'라는 신조어는 나이를 마일리지처럼 축적하여 남용하는 일부의 어른들의 태도를 비판하는 신조어라고 볼 수 있다.

9. 억텐

억텐은 '억지 텐션'을 줄인 말로 의미는 분위기가 우울하거나 좋지 않을 때 분위기를 바꾸기 위해 억지로 텐션을 올린 상황을 의미한다.

억텐을 사용하는 순간은 만약 내가 선물을 받았는데 내가 마음에 들지 않아 별로이지만 선물을 준 사람의 성의를 무시할 수 없기에 억지로 기분이 좋다는 것을 표현할 때 사용 할 것이다. 이 억텐은 사용했을 때 상대방이 몰랐으면 조용히 넘어 갈 수 있지만 상대방이 알아차렸을 경우에는 상대방이 서운해 할 가능성이 있어 때와 장소에 맞게 사용해야 한다. 반면에 '억텐의 반대인 '찐텐'이 있다. 찐텐은 정말 기분이 좋아 마음에서 우러나오는 말을 찐텐이라고 한다. 이 찐텐 같은 경우에는 정말로 기분이 좋아서 하는 말이기에 때와 장소와 상관없이 사용이 가능하다. 그리고 상대방의 기분을 더욱 좋게 만들 수도 있다. 또한 친구들끼리 이야기 할 때 억텐을 사용하면 "야, 야, 억텐하지마"라며 친구끼리 사용한다.

10. 혼코노

혼코노는 '혼자서 코인 노래방에 가는 것'을 줄여부르는 신조어이다. 현대사회에 들어 변화하는 가족구조와 관계에 따라 사람들의 '개인적인 활동'이 점차 늘어가고 있다. 과거에는 지인과 함께 즐기던 다양한 문화와 일상 생활의 행위들에 '개인'의 영역이 증가하며 '혼자서' 즐길 수 있는 문화에 대한 관심도가 높아져간다. 그에 따라 '혼자서 밥을 먹고', '혼자서 영화를 보며', '혼자서 노래를 부른다:. 우리는 이러한 일에 혼자의 '혼-'을 따와서 접두사로 활용하며 새로운 신조어를 만들어내곤 한다. 혼자서 밥을 먹는 일은 '혼밥', 혼자서 영화를 보는 일은 '혼영', 혼자서 노래방을 가는 일은 '혼코노'라고 부른다. 이때, '코노'는 또 '동전'을 넣고 정해진 수의 곡을 부르는 '코인 노래방'의 줄임말이다.

11. 현타

현실자각타임을 줄인 말로서, 더 줄여서 현타라고 표현하기도 한다. 주로 무언가를 집중해서 열정적으로 행동하고 난 뒤 갑자기 그 일을 엄청 후회하거나 수치스러워 하는 등 힘이 쭉 빠지는 것을 의미한다.

> **사용 예**
>
> A : 한시간 만에 숙제 끝냈다!!
> B : 나는 십분만에 다 했는데 ㅋㅋ
> A : 아 현타 오네 ㅠㅠ

12. 만반잘부

'만나서 반가워 잘부탁드려요' 를 줄인 말로 새로 만난사람이나 처음 본 사람에게 인사를 나누기위해 이러한 용어를 사용한다.

보통 이사를 오거나 새로 만난 사람에게 사용하며 위 설명처럼 '만나서 반갑다' 라는 뜻으로 해석한다.

(새학기가 시작되고 서로 모르는 친구를 짝으로 만났을때)

A : 만반잘부

B : 나도 만반잘부

A : 잘 지내 보자

13. 오운완/오하운

요즘 MZ세대늘이 등산, 필라테스, 수영등 꾸준히 운동을 하고 있다. 그래서 MZ세대의 신조어 중에 오운완이라는 신조어가 있다. 오운완은 오늘 운동 완료의 줄임말로 요즘은 운동 인증도 SNS로 해서 #오운완 인증을 하는 사람을 볼 수 있다. 오운완은 운동 인증샷을 SNS로 공유하는 것이 유행하며 생긴 단어이다.

오운완과 비슷한 단어로 오하운이라는 말도 있다. 오하운은 오늘 하루 운동의 줄임말로 오운완과 비슷하게 SNS에서 사용되는 줄임말이다.

14. 헬린이

헬린이라는 말도 있다.

헬린이는 헬스 + 어린이의 합성어로 운동을 시작한 지 얼마 안 된 사람을 뜻한다. '-린이'라는 표현은 헬스 뿐만이 아니라 다른 여러 단어들과 합성되어 여러 분야의 초심자를 일컷는 표현으로 자리잡았다.

골프 초심자 : 골린이

축구 초심자 : 축린이

챕터를 마치며

이렇게 10대~20대 의 줄임말을 알아보았다. 필자도 신조어의 주된 사용층인 중학생이지만 이렇게 많은 줄임말과 합성어가 사용되고 있는지 몰랐다. 무분별한 줄임말과 합성어는 한글고유의 문화를 해칠 수 있기 때문에 주의하여 사용해야 할 것 같다. 줄임말과 합성어를 쓰되 한글을 해치지 않는 선에서 만들고 사용하자.

좋은 말도 많을 걸?

최재원, 김익찬

좋은 말도 많을 걸?

●

21세기에 접어들면서 유행어들은 점점 부정적이고 어두워지고 있다. 예를 들자면, 'X발,X신,X같다' 등의 비속어가 난무하며, 서로를 상처 주는 표현이 많은 실정이다. 그런 와중에도 상대를 상처주는 비속어 뿐 아니라 긍정의 의미를 담은 유행어들도 분명 존재한다.

1. 가즈아

첫 번째는 꽤나 오랜 시간 사용되는 유행어인 '가즈아'이다. '가즈아'의 유래를 살펴보자. '가즈아'는 사람들이 도박이나 투자에서 긍정적인 것들을 기대할 때 쓰는 표현이다.

"가자"를 길게 늘여놓음으로써 옛날 경마 도박, 불법 스포츠 내기에서 '승리를 이어가자'는 의미로 시작된 용어로 다소 부정적인 환경에서 사용되던 표현이다. 이어서 코로나19의 팬데믹 이후 비트코인, 주식에 대한 투자와 투기가 열풍이 되며 투자자들 사이에서 비트코인 가격이 올라갔으면 하는 바램으로 이어져 그 쓰임이 지속되었다. 이와 같은 표현이 이어지며, 텔레그램을 통해 외국인 투자자들에게까지 알려져서 그들도 'Gazua'를 쓰는 경우가 종종 있다고 한다. 최근에는 '한번 해보자' '도전한다'라는 뜻으로 '가즈아'를 사용하고 있다. 덕분에 시작에 대한 두려움이 큰 젊은 층들에게 이와 같은 표현은 시작의 용기를 불어넣어주며 '시작이 반이다'를 실현시켜준 긍정의 유행어라고 할 수 있다.

사용 예

A : (시험이 1주일 밖에 안 남은 상황) 하...시험 공부 벼락치기 가즈아!

B : (숙제가 밀린 상황) 이걸 어떻게 다하지? 안 되겠다 하루에 몰아서 끝내기 가즈아!

C : (주식이 확실히 오를 것 같은 상황) 여기 싹 다 풀매수 가즈아!

D : (게임을 이기고 있는 상황) 오케이, 이기러 가즈아!

E : (여행을 갈 때 기분이 좋은 상황) 이번엔 저 쪽으로 가즈아~

마지막으로 '가즈아'를 정리하자면,

'가즈아'는 가자를 길게 늘여놓음으로써 어떤 일을 바라거나 어떤 일이 일어나지 않길 바라는 뜻으로 사용될 수있다. 기분이 안 좋거나 짜증 날 때 기분전환 용도로도 쓸 수 있을 것 같다.

2. 가보자고

'가즈아'와 비슷한 의미의 유행어로는 '가보자고'가 있다. 가보자고도 함께 알아보자. 가보자는 아이돌 팬들에 의해 '트위터' 해시태그로 처음 시작된 유행어이다. 새로이 만들어진 단어는 아니지만, 주로 의지를 돋굴 때, 파이팅을 외칠 때 그 특유의 어감과 함께 사용되곤 한다. 가보자고는 처음부터 그렇게 널리 사용되지는 않았는데, 2020년 3월 즈음 '더 보이즈'라는 한국 아이돌 그룹의 유명한 팬이 '#가자고'라는 해시태그를 쓰기 시작한 뒤 또 다른 일부 팬에 의해 '#가보자고'로 변형되어 사용되기 시작했다. 그 후로 트위터를 통해 아이돌 팬덤의 입소문을 타며. '식사를 하러', '영화를 관람하러'등 일상적인 행동에 붙어 사용되기도 하지만, 어려운 일에 대한 도전에 있어서도 '가보자고'는 그 의지를 북돋아 주는 긍정의 의미를 더하기도 한다.

사용 예

A : 야, 우리 애들 모아서 영화보러갈래?
B : 어 가보자고 ㅋ(그래 영화보러가자의 뜻)

A : 힘내자! 우리 숙제가 별로 안 남았어!
B : 가보자고 (숙제 다 끝내보자!)

A : 우리 시험도 끝났는데 놀러갈까?
B : ㅇㅋ 가보자고! (ㅇㅋ 놀러가자)

A : 우리 놀이공원 고?
B : 좋은데? 가보자고! (좋은데? 놀이공원 가자!)

A : 우리 학교도 마쳤는데 뭐라도 먹으러 갈까?

B : 마침 배고팠는데 가보자고~ (마침 배고팠는데 가자)

마지막으로 '가보자고'를 정리하고자 한다.

가보자고의 유래들의 공통점은 바로 아이돌 팬덤에 의해 유행을 타서 우리들도 쓰고 있다는 것이다. 가보자고는 가즈아와 비슷하게 분위기 전환을 용도로 쓰거나 '~을 해보자' 라는 긍정적인 도전정신을 끌어낼 수 있는 유행어이다.

3. 쨔스

그다음으로 요즘 10대들이 많이 사용하는 '쨔스'가 있다. '쨔스'는 요즘 아이들이 아는 스트리머 '감스트'가 처음 사용했다. 그러한 영향으로 유행을 타고 있다. '쨔스'의 뜻은 정확하지는 않지만 기분이 좋다거나 좋은 일이 있을 때 사용한다. 예를 들면 학교에서 축구를 하는데 이긴 상황이다. 그러면 세리머니로 '쨔스!' 하며 이겨서 기분이 좋다는 걸 표현할 수 있다. 쨔스를 쓸 만한 상황을 예로 들어보자.

사용 예

A : (올림픽 경기에서 우리나라가 이겼을 때) 우리가 이겼어! 쨔스!

B : (시험을 친구보다 잘 쳤을 때) 오, 내가 너보다 너 높네? 쨔스!

C : (다음 날이 방학식일 때) 어, 쨔스! 내일 방학이다~

D : (축구를 하다가 골을 넣었을 때) 넣었다! 쨔스!

E : (좋은 일이 생겨서 용돈을 더 받을 때) 오 용돈 올랐다, 쨔스~

마지막으로 쨔스를 정리하자면, 쨔스는 대부분 사용하는 상황이 우리가 엄청 기쁘거나 좋은일이 생겼을 때 사용할 수 있다. 쨔스를 사용함으로써 옆에있는 사람들도 같이 기뻐해줄 수있는 상황을 만들 수도 있다.

4. 오히려 좋아

다음으로는 '오히려 좋아'가 있다. '오히려'의 의미는 '짐작·기대와는 전혀 반대되거나 다르게.' 라는 뜻으로 쓰이는 단어이다. 그 뒤에 '좋아'가 붙어서 부정적 상황을 환기 시켜 긍정적으로 만들기 위해 사용한다. 나도 안좋은 일 있을 때 극복하기 위해 사용되곤 한다. 정확한 유래는 없지만 가장 가능성 높은 이야기들을 예로 들자면, 먼저 BJ만만의 유행설이다. 만만은 게임을 하면서 강화를 하는데 강화가 많이 터져나갔을 때 '오히려 좋아요.'라고 말하며 여유를 과시했다. 그것이 많이 알려져서 유행됐다는 것이다. 두 번째로는 엄준식의 유행설이다. 엄준식은 게임에서 실수가 잦고 수준 낮은 플레이들 때문에 많은 욕과 비난을 받았다. 그래서 엄준식은 '오히려 좋아','나쁘지 않아'를 입에 달고 살았다. 그래서 사람들에게 유행되었다는 이야기가 들린다.

사용 예

A : 아니 실수로 쿠팡에서 샴푸 똑같은거 두개 주문한거 실화인가...? 오히려 좋아ㅋㅋㅋ

B : 아니 어제 기관들 다 매도하고 나가서 시장 다 파란불인거 실화인가... 오히려 좋

아 이제 저점 매수간다!!

C : (예상 외로 잘되는 일이 있을때) 어? 이게 이렇게 된다고? 오히려 좋아~

D : 에이, 이번에 승급전이었는데 졌네. 오히려 좋아 한판 더!

E : (자판기에서 음료수를 잘못 뽑았을 때) 이 음료수 먹을려고 한건 아닌데 오히려 좋아.

5. 중요한 것은 꺾이지 않는 마음

최근 유행하는 명언인 '중요한 것은 꺾이지 않는 마음'을 알아보자.

이 문구는 롤(League of Legend)게이머인 데프트 선수로부터 시작되었다. 데프트 선수가 2022년 월드 챔피언십 그룹스테이지 1라운드 로그전에서 패배한 후, 쿠키뉴스와의 인터뷰에서 대답했다, "오늘 지긴했지만 저희끼리만 안 무너지면 충분히 이길 수 있을 것 같아요.". 그리고나서 쿠키뉴스의 문대찬 기자가 인터뷰 영상 제목을 'DRX 데프트 "로그전 패배 괜찮아, 중요한 건 꺾이지 않는 마음"'으로 썼다. 데프트 본인은 당시 인터뷰에서 "꺾이지 않는 마음"이라는 말 표현을 사용한 적이 없었지만, 문대찬 기자가 인터뷰 내용을 짧게 요약하는 과정에서 '꺾이지 않는 마음' 이라는 문구가 탄생하였다. 마침내 데프트가 롤드컵 우승 후 인터뷰에서 '꺾이지 않는 마음이 제일 중요하다고 생각합니다.'라고 답변하여 결국엔 데프트가 말한 문구가 되었다. 이때부터 많은 게이머, 인터넷 방송인들이 이 대사를 응용하여 쓰게됨으로써 2022년 후반 e스포츠의 최고의유행어가 되었다.

대한민국 축구 선수들:(2022카타르 월드컵 H조 우루과이전 승리 후) 중요한 것은 꺾이지 않는 마음!!

A : (시험기간에 책 내용을 외우기 어려워 고뇌하고있는 상황) 아 이거 어떻게하지..

B : A야 중요한 건 꺾이지 않는 마음이야 계속 노력하다보면 외워질거야.

6. OOO 꾕장하다

'OOO 꾕장하다'라는말 많이 들어보았을 것이다. 꾕장하다 밈은 유튜브 쇼츠의 SonFlower라는 사람이 '꾕장하다' 밈을 처음으로 사용하였다. SonFlower는 축구선수 손흥민이나 김민재의 하이라이트 클립의 제목을 "손흥민 꾕장하다" 또는 "김민재 꾕장하다"로 써서 지금까지 유행이 되었다. 그 후로 스포츠 커뮤니티와 게임 커뮤니티로 퍼지며, 스포츠,게임 사이에서 활발히 사용되고있다.

A : (축구선수 한 명이 큰 활약을 했을때) 우와 진짜 잘하네.

B : 역시 OOO 꾕장하다!

A : (B가 시험을 잘 봤을때) B 꾕장하다! 나도 시험 잘 치고싶다.

7. 폼 미쳤다

　'폼 미쳤다'의 의미는 대상의 '폼(=form)'이 매우 뛰어난 상황을 뜻하는 말로, 보통 해외축구나 스포츠를 볼에서의 퍼포먼스나 상태를 나타내는 'form'이 일반적인 활약을 뛰어넘는다는 뜻으로 보인다. 폼 미쳤다는 2018년 인터넷 방송인 '이스타'와 '감스트'의 합동방송에서 처음 사용되었다. '이스타'와 '감스트'는 축구경기를 함께 보면서 승패를 맞추는 내기를 진행하였다. 감스트는 '맨체스터 유나이티드'를 선택했고, 이스타는 '리버풀 FC'를 선택했다. 경기결과 맨체스터 유나이티드가 승리했다. 그러나, 이스타는 경기 결과에 승복하지 않았고, 이를 본 시청자들은 추하다와 아멘을 합성한 '추멘'이라는 단어로 이스타를 조롱하였다. 이후 이스타는 '추'라는 단어를 인용한 여러 별명을 얻게 되었고, '추멘 폼 미쳤다'와 같은 유행어들이 만들어졌다. 줄여서는 앞글자만 따서 '추폼미'라는 단어도 등장하였다. 폼 미쳤다가 사용되는 상황을 예로들면 누군가가 엄청난 활약을 여러번 세우는 상황, 좋은 일이 여러 번 생기는 상황일 때 주로 사용 된다. 지금부터는 폼 미쳤다가 실제로 사용되는 상황들을 제시할 것이다.

사용 예

A : (친구가 계속 전교 1등 할 때) [친구 이름]폼 미쳤다!!!!

B : (스포츠 경기에서 한 선수가 계속 득점할 때) [선수 이름]폼 미쳤네?!

C : (게임 내에서 좋은 아이템을 연달아 뽑는 친구에게) [친구 이름]폼 미쳤네..

8.열정!열정!열정!

    다음으로 소개할 긍정적인 마음을 불러오는 유행어는 열정!열정!열정!이다.
    열정!열정!열정!의 뜻과 유래를 살펴보자. 열정!열정!열정!의 뜻은 정해져 있진 않았지만 다시 어떤일을 최선을 다해 시작해보자라는 의미로 쓰이고 있다. 일을 시작하기 전 파이팅을 하자는 용도로 쓰이기도 한다. 열정!열정!열정!은 유튜브 채널 '피식대학'의 한사랑산악회 속 김영남의 주요대사이다. 항상 긍정적인 마음을 강요하며 열정!열정!열정!을 외치는데 이것이 유행을 타 몇몇 사람들이 사용하기 시작했다. 이제 열성!열정!열정!을 사용하는 상황을 예로 들어 설명할 것이다.

> ### 사용 예
> (산악 동호회에서 등산을 하기 전 상황)
> A : 자, 우리 다 같이 열정!열정!열정!
> B,C,D,E : 열정!열정!열정!
>
> (교내 체육 대회 결승전을 앞두고 있는 상황)
> 담임 선생님 : 우리 열정 있게 최선을 다해서 결승전을 치뤄보자!! 열정!열정!열정!
>
> (롤에서 티어 승급전을 앞둔 팀원들에게)
> 팀원 1 : 우리 이 판만 이기면 아이언 탈출이다! 힘내서 열정!열정!열정!

　젊은층의 은밀한 표현이라고 해서 부정적인 영향만을 주고받는 것은 아니다. 그 속에서 그들은 나름대로의 긍정을 찾고 힘든 현실을 해소하고자 하는 우리네 '해학'을 담아가고 있는 것일지도 모른다. 부정적인 유행어를 줄이고 긍정적인 유행어를 애용한다면, 우리들이 겪고 있는 현대의 어려운 상황들이 긍정적으로 해소되지 않을까 한다.

이게 무슨 말이야?
우리도 몰라

남우진, 박종혁

•
•

이게 무슨 말이야?
우리도 몰라

•

챕터를 들어가며

어디서부터 시작됐을까, 무슨 뜻을 가지고 있을까 알지못하는 유행어들도 존
재한다. '메세지'기능을 활용한 통신 매체의 발달 이후 ㅋㅋ, ㅎㅎ와 같은 표현들
은 자연스럽게 사용되어왔다. 자음으로만 구성된 이 표현은 웃음 소리에서 그 형
태를 따온 것으로 일종의 유행어이나 누구나 알 수 있는 표현으로 자리매김했다.
우리나라뿐만 아니다. 영어권 국가들 또한 웃음소리를 'kkk' 혹은 'lol' 등의 표현
으로 대체하여 쓰는 것을 보면 이러한 의성어, 의태어를 이용한 유행어는 비단 우
리나라에 국한된 사례는 아닐 것이다.

1. 버억

음식을 먹기 전에 입을 크게 벌려 음식을 삼킬 때에 나는 소리를 흉내낸 의
성어로 인터넷 방송인 '킹기훈'과 그 친구들이 사용하여 유행시킨 신조어이다.
2018년부터 사용하여 특히 유튜브와 페이스북에서 반응이 뜨거워지며 사람들의

입을 통해 유행어가 되었다, 사람들 사이에서 '버억하자'를 '먹자'와 동일한 의미로로 쓰는 경우도 생겨났다. 이전부터 사용되던 '꺼억'이 트림을 표현하는 의성어라면, '버억'은 음식을 먹기 직전에서 입에 넣기까지의 과정을 나타내는 의성어이다.

2018년 11월, 킹기훈의 친구인 햄벅이 먹방 채널을 시작할 때 '닉네임이 햄벅이니 먹을 때 심심하니깐 '벅'하면서 먹어라'라고 조언을 해주었다. 햄벅은 바로 실행에 옮겼고 '버억' '칙칙폭폭 버억' 'What the 버억'을 사용한 먹방 영상을 유튜브에 업로드 했다. 그 뒤 긍정적인 반응을 보이며, 킹기훈은 먹방을 할 때 '버억'을 사용하기 시작했다.

'버억'의 변형 전인 '벅'이라는 말 자체는 일부 지역에서 상황을 맛깔나게 표현하기 위해 쓰는 추임새이다. 주로 '벅+동사'의 형태로 '발로 벅 맞았다', '음식을 벅벅 먹어라', '오토바이를 벅 타고 나갔다'를 예로 들 수 있다. 어쩌면 퍽퍽의 변형으로 볼 수도 있겠다.

주로 학생들 사이로 퍼져나가 '킹기훈은 몰라도 버억은 안다.'라는 말이 있을 정도로 학생들 사이에서 유행어가 되었다. 점심시간에 울려 퍼지며 입에 착 감기고 중독성이 있다는 반응이다. 킹기훈의 유튜브 구독자가 급상승하는 효자 노릇을 하였고, 다른 유명인과 유튜버들한테도 이 단어가 퍼져 먹방에 사용되었다.

그러나 사람들 사이에서 억지 밈으로 밀어붙이고 이곳저곳에서 무분별하게 사용됨에 따라 이를 싫어하는 사람들이나 이 단어 자체에 비호감을 가진 사람들은 반감이 있다. 특히 백색소음이 되어야 할 공간에서조차 여러 명이 버억 소리를 해가며 먹으니 듣기 싫은 사람에겐 소음으로 다가오지 않았나 한다. 억지 밈으로는 '보라돌이 뚜비 나나 버억', '와칸다 포에버억', '스타버억스' 등을 끊임없이 양산

하며 유치하며 재미없고 밥 먹을 때 왜 시끄럽냐는 반응이다.

2. 파오후 쿰척쿰척

  3년 전에 유행했다가 사장된 파오후 쿰척쿰척과 비슷한 점이 있는데 둘 다 음식 먹기 직전에 소리를 내는 추임새라는 공통점이 있다.

특이한 인사법을
찾아보자

서제현, 이우석, 윤준환, 김선웅

특이한 인사법을 찾아보자

챕터를 들어가며

인사를 통해 친분을 형성하는 다양한 유행어도 있다.

1. 보이루

당시 인기있던 방송의 주인공 보겸이라는 크리에이터가 시청자들에게 즐거움과 자기의 시청자임을 입증하는 암호같은 느낌을 주기 위해서 자기 유튜브 이름인 보겸에서 앞글자인 '보'와 한때 유행하던 인사말인 '하이루'를 합쳐 '보겸 하이루'를 의미하는 '보이루'라는 인사법을 만들었는데 보겸이 점점 성장하면서 인기도 점점 많아져 이때부터 특이한 인사법으로 사용되었다.

2.펭하

옛날 EBS 선배들의 인기를 이어가기 위해 펭수라는 캐릭터가 생기고 펭수가 유튜브를 시작하면서 자신의 시청자들에게 신뢰를 얻기 위해 펭수의 앞글자 '펭'과 영어의 인사법인 'HI'를 합쳐 '펭수 하이'를 의미하는 '펭하'라는 인사법을 만들었다.

3. -투 더 -투 더 -

'우 투 더 영 투 더 우', '동 투 더 그 투 더 라미'는 많은 인기를 끌었던 드라마인 '이상한 변호사 우영우'에서 주인공인 우영우와 그의 절친한 친구인 동그라미의 인사법이다. 이 인사법은 원래 대본에 '우영우영우 동동그라미'라고 적혀 있었지만 드라마의 작가가 마음에 들지않아 마음대로 바꿔도 괜찮다고 해서 동그라미의 배우역을 맡으신 주현영님이 머리를 열심히 굴려 만드신 인사법이라고 한다. 특별한 의미가 부여된 것은 아니나, 드라마에서 사용되어 유행이 된 귀여운 인사말이다.

챕터를 마치며

그들만의 인사법은 친구들 간의 친밀도를 향상시키기 좋은 하나의 매체가 될 수 있다. 이를 인용하여 집에 있는 아이들과 가족을 하나로 묶어줄 수 있는 매개를 마련하는 것은 어떨까?

부정적 의미의
신조어

은승현, 박기범

부정적 의미의 신조어

챕터를 들어가며

자신과 대화하는 상대에게 사용하면 상대방이 기분이 나쁠 수 있는 단어들도 있다. 따라서, 여러 유행어의 유래와 의미를 알아보고 주의하여 사용할 필요가 있다. 이번 챕터에서는 그것들을 소개할까 한다.

1. 마기꾼

마기꾼은 코로나19의 전파로 마스크를 착용하는 사람이 늘어남에 따라 생긴 단어이다. "마스크 + 사기꾼"의 두 단어를 합친 합성어로, 마스크를 벗었을 때의 모습이 착용했을 때와 얼굴이 많이 다를 때 사용하는 말이다.

사용 예

A : 우와 저 마스크 쓴 남자 왜 저렇게 잘생겼어??
B : 야 마스크 벗으면 진짜 못생겼어.

A : 어후... 저 사람도 마기꾼이구나.

2. 관종

인터넷상에서 유래된 단어로. '관심'+'종자'를 합성한 단어이다. 다른 사람에게 관심을 받고 싶어 하는 사람을 일컫는 말이었으나, 점점 그 의미가 개중에 눈꼴시린 행동을 하거나, 다소 과한 관심유도 행위가 있는 사람을 관심병자, 관심종자라고 부르며 이를 줄여서 '관종'이라고 했다. 과거 우리 나라의 많은 임금들이 '~종'으로 끝나는 시호를 썼던 것에서 비롯한 '관종 폐하'와 같이 관심을 드러내는 행위가 과함을 비꼬아 이야기하는 표현도 존재한다.

> **사용 예**
>
> (한 친구가 관심을 받기 위해 자꾸 바스락 바스락 소리를 낸다)
> A : 아 쟤 진짜 시끄럽네, 쟤 왜 저러냐?
> B : 쟤 관심 받고 싶나봄 관종이네... 관심 주지말자 그냥

3. ~충

'~충'이라 하는 것은 대상이 되는 상대를 벌레와 같다고 낮추어 부르는 비속적 표현이다. 결국 '~충'의 의미는 '~벌레'라는 의미와 동일하다. 예를 들면, 최근 인터넷 커뮤니티를 통해 확산된 '탕수육' 논쟁에서, 탕수육의 소스를 부어 먹는 사람들을 '부먹충', 탕수육을 하나하나 소스에 찍어먹는 사람은 '찍먹충'이라고, 서

로를 비방하곤 한다. 이를 달리 말하면 탕수육에 소스를 부어먹는 사람은 부먹벌레, 찍어먹는 사람은 찍먹벌레라고 서로 치환해서 사용해도 뜻은 동일하다.

사용 예

A : 야 너는 탕수육 먹을 때 찍먹(찍어 먹기)파냐 아니면 부먹(부어 먹기)파냐?

B : 나는 부먹파지.

A : 어우 이 부먹충...

B : 어우 이 찍먹충

4. 딸배

배달의 민족이라 불리는 우리 나라에서는 배달 오토바이 뒤에 물품을 실어가기 위한 배달통이 붙어있다. 배송업계의 모든 종사자들을 비난하는 것은 아니나, 배달통을 낮추어 부르는 신조어로 '딸통'이라는 말이 사용되기 시작했고, 이 딸통의 첫 글자인 '딸'과 배달의 '배'를 합쳐서 배달 오토바이를 타는 사람들을 '딸배'라고 부른다. 과거 오토바이를 딸딸이라고 부르는 은어가 있었는데 딸딸이 타고 배달을 줄여서 '딸배'가 되었다는 가설도 일리가 있는 추측이다. 이는 음식 배달원을 비하 하여 부르는 말이다. 모든 배달 운송업자들을 비난해서는 안되겠으나, 일부 빠른 배송을 위한 위험한 곡예주행을 통해 교통혼선을 불러오는 경우를 비난하는 표현으로 많이 사용된다. 그러나, 최근에는 오토바이를 타는 모든 이를 비난하는 용어로도 사용되고 있다고 하니, 사용을 자제하는 것이 좋아보인다.

(A와 B가 배달을 시킬 때)

A : 야야 배달시켜 먹자 너가 좀 시켜줘.

B : 알겠어 내가 시킬게.

(1시간 뒤)

A : 아니 딸배 왜 이렇게 안 오냐?? 너 안 시킨 거 아니냐??

B : 아니야 나 진짜 거짓말 아니고 시켰음 딸배 왜 이렇게 안 오지.. 이러니까 사람들
   이 딸배 딸배 거리지..

5. 믿거

우리는 어떠한 물건이나 사람을 사용하거나 기용할 때, '믿고 쓰는'이라는 말
을 자주 사용한다. 제품 광고만이 아니더라도 스포츠 선수들도 종종 다른 구단으
로 이적되는데 해당 선수가 과거부터 꾸준히 좋은 성적을 보여준 경우 '믿고 쓰
는'이라는 수식어가 붙는다. 이와 반대되는 의미로 등장한 말이 바로 '믿고 거른
다'이다. 이 말이 줄임말을 줄여 사용하는 표현이 '믿거'라는 말의 유래가 되었다.
본인이 직접 경험해본 결과 여태까지 계속 좋지 않았기 때문에 마찬가지로 앞으
로도 좋지 않을 것이라는 의미로 사용하지 않을 것이라는 의미이다. 또는 본인이
직접 경험해본 것이 아니더라도 타인의 후기를 들어 실제로도 그럴 것이라고 생
각하여 기피하는 것을 의미한다.

(A와B가 게임 얘기를 하고 있을 때)

A : 야야 우리가 요즘하는 게임의 회사가 만든 게임들 다 평점이 낮아!

B : 사람들 덕분에 이 게임이 믿거겜(믿고 걸러야하는게임들)이란걸 알았어.

A : 그러게 다음부턴 평점을 보고 게임 하자!

B : 그래!

6. 혼모노

일본어로 '진짜'라는 의미를 지닌 이 단어는, 한국에서는 인터넷 은어로 사용되며 다른 사람의 눈치를 보지 않고 자신의 취미에만 깊이있게 탐구하는 사람을 '오타쿠', 혹은 '혼모노'라고 표현한다. 소문으로만 전해지거나 미디어에나 나올법한 비상식적인 말이나 행동을 정말로 하는 사람을 지칭할 때에도 이와 같은 표현을 사용된다. 주로 '오타쿠'라 불리우는 매니악한 취미의 사람들을 비하할 때 쓰이며, 한때 유행했던 '진짜가 나타났다'와도 일부 유사점을 갖는다. 자신만의 취미를 갖는 사람들이 다른 사람과 다르다고해서 비난받아서는 안되니 사용 시 주의하기 바란다.

(A와B가 애니메이션에 대한 얘기를 하고 있을 때)

A : 야야 쟤도 애니메이션 보던데 같이 얘기나 해볼까?

B : ㄴㄴ 쟤는 애니 너무 많이 보고 찐따라서 끼워주지 말자

A : 아 쟤 혼모노 구나?

B : ㅇㅇ맞아

7. 생까다

정확한 유래를 알 수는 없는 표현이지만 '쌩까다'는 이미 우리에게 관용적인 언어로 자리 잡은 표현이다. 이 말은 기존에 유지되고 있는 인간관계를 인맥을 끊는 것을 의미한다. 주로 사람과 사람 사이에 서로의 관계를 멀리하겠다하는 의미의 의사 표현이다. 어떠한 이유로 상대와의 관계가 틀어졌거나, 혹은 상대의 행동이 마음에 들지 않을 때 이같은 말을 사용한다. 서로의 이해관계가 맞지 않아 절교하는 경우도 상당히 흔하다. 연인 사이에서는 주로 이성 관계가 끝이 나고 서로 아는 체를 하지 않을 때에도 '생깐다'라는 표현이 사용된다.

사용 예

A : ㅇㅇ 야 너 친구랑 절교(친구관계를 끊는 것)했다며?

B : ㅇㅇ 나 이제 걔 생깔려고...

A : 그래 그래 잘했어 걔 원래부터 성격 안 좋았잖아.

B : 그래

8. 능지

'능지'라는 단어는 2018년 경으로부터 인터넷에 사용되던 것으로 보인다. 당시 인터넷 방송에서는 '프렌즈 마블'이 유행하기 시작했는데, 다 이긴 게임을 어이없게 역전당한다거나, 팀에 유리하지 못한 판단을 하는 사람들을 보며 채팅방은 '지능차이'로 도배되었다.

게임 내내 '지능차이'만 외쳐대던 시청자들은 '지능차이'를 순서를 바꾸어 '능지차이'로 바꿔서 부르기 시작했고, 누군가가 친 능지처참이 사람들의 관심을 받으며, 채팅창은 '능지차이', '능지처참' 같은 말로 도배되었다. 이후 게임이 잘 진행되었을 때, '능지 상승'과 같은 채팅도 올라왔다. 이 인터넷 방송을 계기로 '지능'을 '능지'로 치환하는 표현이 트위치 커뮤니티 내에서 퍼져나갔고, 이해하기 쉽고 사람들의 입맛에 잘 맞는 어감 덕분에 각종 인터넷 커뮤니티에 '능지'라는 단어가 퍼져나갔다. 이는 지능을 거꾸로 말한 신조어이다. 의미는 지능과 같다. 항상 그렇지는 않지만 보통은 누군가의 지적 수준을 비꼬거나 조롱할 때 부정적인 상황에서만 사용한다.

사용 예

(A가 B한테 게임을 못한다고 놀릴 때)

A : 야 너는 왜 그렇게 게임을 못하냐 능지 수준..

B : 허허..미안

A : 너하고 못하겠다..

B : 나도 너하고 못하겠다!

9. 핑프

아무것도 하지 않고 가만히 앉아서 다른 사람에게 호의를 바라는 행위를 하는 사람들을 일부 사람들은 성별에 따라 '공주', '왕자'라는 표현을 하며 비꼬아 표현한다. 이와 마찬가지로 인터넷 포털에 검색하면 금방 의미를 알 수 있는 정보를 스스로 찾아볼 생각을 하지 않은 채 다른 사람들에게 구태여 질문하여 물어보는 사람을 비난하는 의미로 '손가락이 공주님', '손가락이 왕자님'이라 검색도 할 줄 모른다 하는 의미의 표현을 사용하였고, 이를 영어로 '핑거 프린스', '핑거 프린세스'라고 한다. 또한 이를 줄여 '핑프'라고 이야기한다.

사용 예

(B가 A에게 자꾸 인터넷 글에서 무엇을 물어볼 때)

B : A야 이게 뭐야?

A : 이건 ㅇㅇㅇ야.

B : 그럼 이건 뭐야?

A : 이건 ㅇㅇㅇ야.

B : 그럼 이거는?

A : 그만 물어라 너가 핑프냐 제발 검색 좀 해.....

10. 짱깨

'짱깨'의 중국음식 혹은 중국 음식점을 빗대어 표현하는 의미를 담고 있으며 중국, 중국의 물건 혹은 사람들을 비하하는 용어로 사용되곤 한다.

(A와B가 중국인에 대한 얘기를 하고 있을 때)

A : 요즘 중국인들이 자꾸 코로나를 전파시키던데,, 이건 진짜 짜증난다

B : 짱깨잖아 짱깨

A : 맞네 짱깨들 진짜 너무 싫다.

B : ㄹㅇㅋㅋ

11.넌씨눈

정확한 유래는 알 수 없으나 줄임말의 하나이다. 그 의미는 '너는 씨× 눈치도 없냐'라는 문장의 줄임말이다. 둘 이상의 사람이 대화하는 자리에서, 분위기나 상황을 파악하지 못하고 불필요한 언행을 하는 사람을 비하하는 표현이다. 눈치 없는 사람을 표현하는 말이나 그 원문에 비속어가 들어가 있기 때문에 사용하지 않는 편이 좋다.

(A와B가 대화를 할 때)

A : 나 C랑 싸웠는데 걔 너무 싫어

B : 넌씨눈? 걔가 왜 화냈는지 모르겠음??

A : 뭐 때문에 화냈는 지 모르겠음.

B : C가 너한테 맨날 놀림 받잖아.. 그것 때문에 화낸건데 넌 그것도 모르냐 어후 답답해라..

12.려차

려차의 의미는 영어로 'f××k'을 한글식 입력 키보드로 입력하였을 때 나온 글자를 그대로 사용한 것이다. 단순히 욕을 순화하여 표현한 것이 아니라, 잘못 입력된 표현을 그대로 사용한 것이다.

사용 예

A : 나 만원만 빌려주라.

B : 응, 싫어.

A : 그것도 못빌려줌?

B : 려차.

13. 컹스

'극혐'과 비슷한 의미의 표현으로, 극도로 혐오한다는 의미를 가지고 있으며. 유명 BJ가 사용하여 그 뒤로 유명해졌다.

사용 예

A : 왜 자꾸 밥먹을 때 쩝쩝거림?

B : 내가 언제 그럼?

A : 컹스

청소년 신조어,
사용해도 되나요?

지도교사 김준성

청소년 신조어,
사용해도 되나요?

컴퓨터와 스마트 기기를 활용하지 못하는 청소년은 매우 드물다. 기본적인 대화부터 수업까지 어린 학생들은 매체를 활용한 대화와 표현에 익숙하다. 인터넷이 가져온 신속성과 편의성은 청소년의 대화 방식을 바꾸어 놓았다. '효율성'을 최대 강점으로 두고 있는 줄임말부터, 자신들만의 '은어'를 형성하는 등 다양한 신조어의 활용까지 과거와 비교하여 그들의 언어 사용은 큰 차이를 보인다.

이를 바라보는 세간의 시선은 긍정적이지만은 않다. 과거와 달리 현저히 떨어진 학생 독서량과 더불어 학생들의 문해력 문제가 대두되는 시점에서 우리의 말을 올바로 배우지 않은 채 무분별한 신조어 사용은 우리말과 글의 뿌리를 잃어가는 지름길이 될 지도 모른다. 또한 많은 유행어들이 그 부정적인 의미를 담고 있음에도 이를 분별하여 사용할 수 있는 능력이 부족한 아이들로서는 올바른 언어습관을 형성하는 데 있어서 큰 제약을 가져오기도 한다.

그러나, 청소년기의 신조어 사용 자체가 부정적이라 볼 수는 없다. 그 의미와 적절한 사용처를 고려하여 사용한다면 신조어는 오히려 긍적적인 효과를 불러올 수 있다. 같은 신조어를 사용하는 집단끼리의 결속과 더불어 완성된 문장이 아니더라도 충분히 대화를 할 수 있다는 효율성까지 보여지니 말이다. 또한, 과거와는 달리 근래의 신조어의 흐름이 변화한 점도 신조어 사용이 긍정적일 수 있다는 가능성에 근거를 마련해준다. 부정적인 어휘가 신조어의 대부분이던 과거와 달리 앞선 챕터에서 다룬 것과같은 긍정의 의미를 담은 신조어들 또한 많이들 생겨난다.

학교에서 교사로서 아이들의 쉬는 시간을 둘러보는 일은 언제나 즐거운 일이다. 그들의 놀이와 언어가 생생하게 들려오는 시간이다. 때로는 새로운 언어들과 표현이 참신하기도 하고, 때로는 잘못됨을 알려주어야 할 말실수들이 들려오기도 한다. 금년도 아이들의 대화는 여러모로 듣기 좋은 말들이 많았다. '가보자고!', '열정! 열정! 열정!' 등의 긍정적인 어휘들이 들려오며 아이들은 '포기'라는 단어를 멀리하기 시작했다. 그중 나는 '중요한 건 꺾이지 않는 마음'이라는 문장이 가슴에 남았다. 리그 오브 레전드 게임 대회에서 시작된 '중요한 것은 꺾이지 않는 마음'이라는 표현은 새로이 만들어지거나 합성된 신조어가 아니다. 다만, 이 표현이 2022 시작된 유행으로서 우리 모두에게 영향을 주었다는 것만은 분명한 사실이다. 늦은 시험 준비에도 아이들은 포기하지 않고 힘을 냈고, 체육대회 성적이 좋지 않아도 남은 경기를 응원하며 '중요한 것은 꺾이지 않는 마음'을 외쳤다.

유행어와 신조어는 위험할지 모른다. 또한 아이들은 그런 언어들을 너무나도 빨리 습득한다. 신조어와 유행어의 사용을 무조건 부정적으로 바라보는 것만이 이를 해결할 수 있는 방법이 아닐지 모른다.

오히려 아이들이 사용할 수 있는 '긍정적인 의미'의 유행어와 신조어를 권장하고, 그들에게 적절한 유행어와 신조어의 사용 방법과 시기를 알려주는 것은 어떨까.

우리들의 에필로그

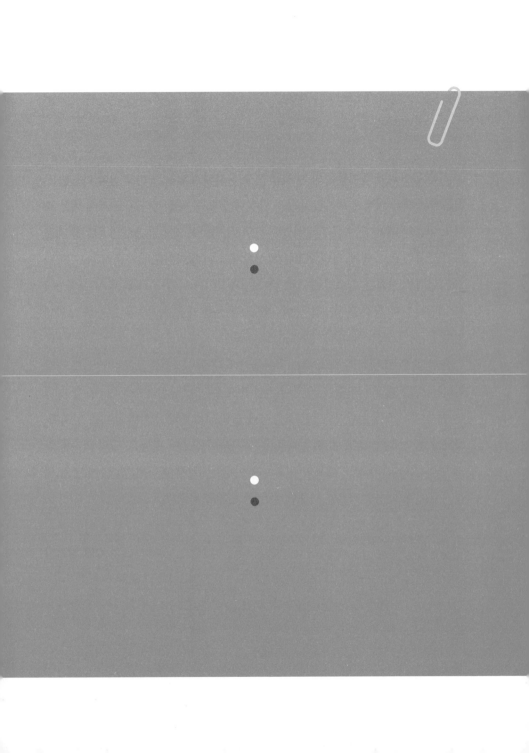

기범이의 에필로그

처음 동아리에 들어왔을 때는 책을 쓰고 나서의 보람을 느끼고 싶어 가입했다. 처음에는 책을 어떻게 써야할지 몰라 당황했었다. 주제를 정하고, 주제에 대한 조사도 어떻게 해야 할지 몰라 망설였다. 약속된 기한에 약속된 분량의 원고를 제출하기 급급했고, 그렇게 써낸 초고는 완성도가 많이 떨어졌다.

그런데 책쓰기는 한번의 쓰기로 끝나는 과정이 아니었다. 여러 차례 고쳐쓰기를 거듭하면서 점점 완성도를 높여나갔고, 부족한 내용과 짜임은 조금씩 보완되었다.

또한 책을 써 나가며 책의 주제인 유행어에 대하여 장점도 있으나 단점도 명확하다는 것을 깨닫게 되었다. 생각이 깊다면 모르지만, 상대적으로 언어생활에 대한 인식이 부족한 어린아이들은 유행어나 줄임말에 대해 정확한 의미를 알지 못하고 쓰는 경우가 있다. 이 책을 다 읽은 독자들이 신조어 또한 그 말의 의미를 알고 여러 집단 간의 상호 소통이 원활하게 이루어지기를 바라며, 말 속에 담긴 의미와 문화적 특성을 바르게 이해할 수 있게 되기를 바란다.

작가 **박기범**

인영이의 에필로그

나는 책쓰기에 대한 호감을 가지고 책쓰기 동아리에 들들어왔다. 처음에는 책을 쓴다는 것에 가슴이 두근거렸따. 내가 적은 글이 책으로 나온다고 생각하니 열정이 가득 차올랐다.

처음에는 책을 쓰는 일이 쉬울 줄만 알았다. 하지만 막상 책의 장르와 주제를 선정하는 일부터 아이디어가 잘 떠오르지 않고 막막했다. 내가 이 정도도 생각하지 못한다는 것이 분했다. 당차게 시작했지만 그 과정이 순탄치 않아 답답하기도 했다. 하지만, 한번 시작한 이상 그만둘 수는 없었기에 마음을 다잡고 머리를 싸매어 글을 적기 시작했다.

내가 맡은 부분은 유행어 중에서도 사회와 관련이 되어 있었는데, 생각보다 그 양이 적어서 자료를 수집하는데 애를 먹었다. 그럼에도 엄선한 몇몇 유행어들로 글을 완성할 수 있었다.

시작부터 글을 쓰는 일이, 책을 만드는 일이 이렇게 어려운 일인 줄 알았더라면, 책쓰기 동아리에 들어오지 않았을지도 모른다. 하지만, 들어온 이상 책임을 지고 해야할 일을 하다보니, 마음에 썩 들지는 않았지만 어느새 책의 형태를 갖춘 글을 쓸 수 있었다. 혼자 책을 썼다면 몇 번이고 포기했겠지만, 함께 책을 쓴 친구들의 조언과 격려에 다시금 원고를 적고 수정하기를 반복했다. 분량을 채워 넣은 지금에도 내가 책을 잘 적은 것이 맞는지 의심이 되지만, 완성된 한 권의 책을 보며 그간의 노고에 대한 보답을 받는다는 느낌과 더불어 뿌듯한 기분이 들었다.

작가 **이인영**

원준이의 에필로그

　처음 책쓰기 동아리를 들어왔을 땐 마냥 지루하다는 생각이 들었다. 하지만, 선생님과 친구들이 모여 토론을 하며 주제를 정할 때부터 생각이 달라졌다. 책쓰기 하면 딱딱한 글쓰기 시간만 갖는 것이 전부일 거라 생각했는데, 함께 모여 주제를 정하고 내용을 생성하는 과정을 거치며 생각보다 책쓰기가 재미있는 활동임을 알게 되었다. 책의 주제가 정해지고 하나하나 책 속에 들어갈 내용을 만들어가면서 유행에 민감하지 않아 잘 몰랐던 유행어들의 유래부터 그 의미와 적절한 쓰임까지 알게 되었다. 또한 책을 쓰며 평소에 친하지 않던 친구들과도 많은 소통의 시간을 가지며 속 깊은 대화를 나눌 수 있어 좋았다. 책의 초고를 다 쓰고 나서는, 쓸 때는 몰랐던 고칠 부분이 너무나도 많았다. 어울리지 않는 단어들부터 억지로 맞춰 끼운 맞춤법도 있었고, 순서를 바꿔야하는 문장도 많았다. 여러 차례 수정을 하고나니 처음보다는 매끄러운 한편의 글이 완성되었다. 이번 책 쓰기를 통해서 책쓰기가 단순히 한 번의 글 쓰기만으로 완성되는 과정이 아니라는 것을 알게 되었고 뚜렷한 성과가 있음에 보람찬 시간이었다.

작가 **이원준**

도윤이의 에필로그

이 동아리에 들어오고 책을 쓰기 전까지만 해도, 중학생인 내가 책을 쓴다는 것, 책에 내 생각을 담고, 편집을 한다는 것이 나와는 거리가 먼 일이라고 생각했다. 그러나, 동아리가 시작되고 시간을 내어 조원들과 주제를 모색하고 차례를 구성하면서 책이라는 도화지에 집 한 채를 그리는 과정을 겪다보니, 책을 쓴다는 것이 흥미롭고, 재미있는 일이라는 것도 깨달았습니다. 하지만, 책을 쓰는 과정에 어려운 점도 있다는 것 또한 깨달았습니다. 무궁무진한 아이디어를 정리하여 책 속에 담아내는 과정에서 어떠한 내용을 여러 번 지우기도 하고, 글의 앞뒤가 맞지 않는 경우도 있었습니다. 책의 몇페이지만 담당하여 쓴 것도 어려운데, 수백 쪽에 달하는 글을 쓰는 작가들이 대단하게 생각되었고 존경하게 되었습니다. 앞으로도 동아리 활동이나 글쓰기 대회에 적극적으로 참여하여 글쓰기에 대한 경험을 쌓아 글쓰기와 가까운 친구가 되어야겠다고 생각했습니다. 좋은 기회를 마련해 주시어 감사합니다.

작가 **김도윤**

선웅이의 에필로그

　처음 책을 쓴다고 했을 때, 단순히 좋은 경험을 한다는 생각으로 동아리에 지원하게 되었습니다. 다른 사람이 쓴 글을 읽고 쓰는 독후감은 많이 써 봤지만, 오롯이 내가 새로운 글을 창작해내는 고통은 생각보다 더 힘들었습니다. 그러나, 글만 쓰는 딱딱한 시간이 아닌 생각보다 재미있는 활동들을 많이 곁들여 하는 덕에 지루할 틈은 없었고, 조금씩 내용을 써내려 갈 때마다 무엇인가 해낼 수 있다는 느낌이 들며 성취감도 들었습니다. 딱딱하고 무거운 주제 대신 모두가 알기 쉽고 세대 간의 거리도 줄힐 수 있는 유행어를 주제로 선정하여 내용을 조사하는 과정도 재미있었습니다.

　하지만 가까운 주제라 쉽게 써내려 갈 수 있을 거라는 생각과는 달리 그 유행어의 출처와 정확한 의미를 파악하는 과정은 생각보다 어려웠습니다.

작가 **김선웅**

성윤이의 에필로그

처음에는 책쓰기가 내 앞을 가로막는 벽처럼 버거웠다. 구체적인 대상이 없던 상태에서 글쓰기는 전혀 새로운 활동처럼 막막했다. 하지만, 예상 독자를 정하고 예상 독자를 선정하고, 그 독자에 이야기를 하듯 글을 쓰기 시작하니 글쓰기가 보다 편해졌다. 개인별로 채워야 하는 분량이 너무 많아 걱정이 많았었는데, 오히려 분량이 너무 많아 글을 줄여할 정도가 되었을 때에는 뿌듯한 기분이 들었다. 이번에 쓴 우리의 책이 마침표가 아니라 쉼표가 되어, 우리의 글이 여기서 끝나지 않고 더 이어지는 계기가 되었으면 좋겠다.

작가 **이성윤**

영준이의 에필로그

　내가 책쓰기 동아리를 들어왔을 때의 생각은 책을 어떻게 쓰는가에 대한 막막함과 힘들 것 같다는 생각이었다. 그런데 동아리 활동을 계속 하다보니 친구들과 해보지 못한 신선한 경험을 하며 새로운 즐거움을 찾을 수 있었다. 이렇게 책쓰기 동아리를 하면서 느낀점은 책쓰기 활동은 나의 생각보다 재미있는 활동이며 어렵지 않은 활동이구나라는 생각이 들었다. 마냥 쉽고 간단한 활동이라는 것이 아니라, 도전하지 못할 만큼 어렵거나, 아무나 할 수 있는 일이 아니라는 편견이 깨진 것이었다. 평소 시도하지 않던 일들을 해나가는 것은 즐거웠고, 완성된 책을 생각하며 글을 쓰는 일은 흥미로웠다. 예전에는 책을 읽는 것이 지루한 활동이었지만, 이제는 책을 보는 새로운 시각이 생긴 것 같다.

작가 최영준

준환이의 에필로그

책쓰기 동아리를 처음 왔을 때는 '내가 책을 쓴다고?'라는 의문 함께 할 수 있을지에 대한 겁이 났다. 그래도 내가 책을 읽는 것은 좋아했기 때문에 한 번은 해보고 싶은 활동이기도 했다. 시작은 두려웠으나 차근차근 페이지를 채워가며 글을 쓸 때, 생각보다 겁낼 일은 아니구나라는 생각이 들었다. 글의 자료를 찾을 때에도 재미있는 일이 많았다. 모르는 내용들을 여기 저기서 찾아 모으는 재미도 있었고, 새로이 알게된 내용을 글로 써 설명하는 일도 재미있었다. 힘들지 않았던 것은 아니지만, 한 장 한 장 쓴 책이 쌓여가며, 노력만큼의 보상이 돌아오는 일이 보람찼다. 기회가 된다면 다시금 더 좋은 책을 쓰기 위해서 책쓰기 동아리를 3학년 때도 다시 한번 할 것 같다.

작가 **윤준환**

익찬이의 에필로그

내가 책쓰기 동아리를 선택한 이유는 내가 한번도 시도해본 적 없는 동아리였고, 책을 쓰고 나서 누군가 볼 수 있다는 호기심에 선택하게 되었다. 선택을 하고 나서는 내가 잘 할 수 있을까하는 고민도 있었지만, 동시에 잘 할 수 있다는 스스로에 대한 믿음도 있었기에 큰 부담이 없었다. 또 친구들도 함께해서 재밌을 것 같았다. 내가 책을 쓰며 새롭게 깨달은 점은 책을 쓸 때 독자를 정하여 글을 쓴다는 것이다. 독자를 생각하고 글을 쓰기에 그 글을 읽는 독자들이 어떤 생각을 할지, 내 말을 어떻게 받아들일지를 생각하고 글을 쓰니 생각보다 글을 쓰는 재미가 있었다. 우리 동아리의 글쓰기 주제는 유행어였는데, 주제가 워낙 우리들이 잘 아는 내용들이다 보니 책에 들어갈 내용에 대한 아이디어도 좋게 나왔다. 초안을 작성할 때는 조원이 큰 도움을 주었고, 그 도움 덕분에 나도 열심히 할 수 있는 계기가 되었다.

계획을 하고, 자료를 찾아, 자료로서 새로운 내용을 구성하는 과정을 거치며, 쓴 글을 수정하기까지의 과정을 거친 경험이 신선하고 즐거웠다. 모두가 열심히 할 수 있는 동아리였기에 다시금 기회가 된다면 더 좋은 책을 써보는 경험을 해보고 싶고. 완성된 한 권의 책을 썼다는 점에서 다른 동아리를 했을 때 보다 조금 더 보람찬 경험의 기회가 되었다고 생각한다.

작가 **김익찬**

승현이의 에필로그

내가 '책쓰기 동아리'에 들어오게 된 이유는. 2학년 동아리 중 가장 재미있어 보였기 때문이기도 하고, 또 친한 친구들이 많이 들어왔기 때문이었다. 딱히 책 쓰기에 관심을 가지고 있었다거나 하는 것은 아니지만 다 같이 할 수 있는 무언가가 있다면 하고 싶었기 때문에 책쓰기 동아리에 들어가게 되었다. 처음 동아리 활동을 할 때에는 같은 반 친구들을 제외한 다른 친구들은 어색했지만, 잦은 토론과 의견을 나누는 과정에서 친구들과 친해질 수 있는 기회가 생겼다. 여러 친구들의 다양한 생각들을 들으며 생각이 성장하는 기분이 들었고, 책을 쓰면서 드는 생각이 책을 읽는 것만이 아니라 책을 쓰는 것 또한 나에게 많은 가르침을 주는 것 같았다. 그 이유는 내가 책을 쓰면서 단어와 낱말의 뜻을 찾아보다보니 자연스럽게 관용표현, 속담 등등도 함께 찾아보게 되면서 여러 지식을 쌓을 수 있게 되었기 때문이다.

작가 **은승현**

우석이의 에필로그

먼저 책을 읽어주신 모든 분들께 감사의 말씀을 전합니다. 이 책을 쓰면서 현재 사용되는 다양한 유행어들의 의미를 알 수 있었습니다. 이를 통해 저 스스로도 친구들과의 소통에 있어서 많은 배움을 얻었고, 글을 읽어주신 분들에게도 약소하나마 도움을 줄 수 있을 것이라 믿으며 책을 써 내려갔습니다.

저는 '특이한 인사'의 유행어들을 찾는데 열중했고, 제가 알고 있던 말들과 더불어 굉장히 다양한 인사말들이 쓰이고 있다는 것을 알게 되었습니다. 찾아본 유행어들은 하나같이 창의적이며 재미있는 말들이 많았습니다. 왜 이와 같은 표현들이 유행이 될 수 있었는지도 말입니다.

부족하나마 나의 이야기들을 적어나갈 수 있는 신기한 경험과 더불어 이 책을 읽어주신 모든 분들께 감사의 인사 올립니다.

작가 **이우석**

제현이의 에필로그

'책'에 대한 거부감이 강하고 책을 쓴다는 일은 내가 할 일이 아닐 것처럼만 생각했었습니다.

그런데, 선생님과 이야기를 나누다 보니 책쓰기 동아리에 들어오게 되었고, 어렵고 따분할 거라고 생각했던 책쓰기는 여러 친구들과 함께한 덕분인지 생각보다 재미있었습니다. 여전히 다른 사람들에게 나의 글을 보여주는 일이 많이 어색하고 부끄럽지만, 함께 할 수 있다는 생각이 많은 의지가 되고 힘이 되었습니다.

조금씩 두려움이 사라질 즘 우리가 쓴 적은 양의 글이 모이고 모여 한 권의 책의 형태를 갖추고 있다는 것이 신기하고 보람찼습니다.

작가 **서제현**

현서의 에필로그

한 권의 책을 쓰고 출판을 할 수 있다면 너무도 뿌듯할 것 같다는 생각으로 동아리를 들어왔습니다. 그리고 동아리에 들어온 또 다른 이유는 동아리 지도선생님이 저의 담임선생님 김준성 선생님이었기 때문입니다. 제가 이 동아리에 가입하고 처음으로 글을 쓰기 시작했을 때 느낀 감정은 '막막하다'였습니다. 처음에는 뭘 어떻게 써야할 지도 모르겠고, 내가 이걸 다 쓸 수 있을까하는 생각이 들었습니다. 하지만, 지도선생님의 설명과 지도 덕분에 금방 감을 잡을 수 있었고, 함께 글을 쓰는 친구들과 같이 글을 쓰기 시작했습니다. 친구들과 함께 협동하여 글을 쓰는 것은 생각보다 재미있었습니다. 서로 고칠 점을 알려주고 수정하며 글을 쓰다보니, 생각보다 빨리 제가 맡은 분량의 글을 채울 수 있게 되었습니다.

한 권의 책을 완성해 써 낼 수 있다는 것이 행복했고 보람찼습니다.

작가 **우현서**

재원이의 에필로그

 나 스스로 많이 성장한 2022년인 것 같다. 책쓰기 동아리를 들어온 후 책 쓰기 소재를 정하고 '과연 우리가 책을 쓸 수 있을까?'라는 생각에 머리가 멍해진 일이 바로 저에의 일만 같은데 벌써 한 학기가 지났다. 책의 글감을 마련하는 일부터 막막했으나, 친구들과 서로 의논하고 조언도 해가며 조금씩 머릿속 생각들을 정리할 수 있었다. 조급했던 마음도 진정되기 시작했다. 글을 써나가면서도 머릿속에서 절대 나가지 않았던 생각이 '과연 이 글이 책이될 수 있을까?'였다. 그 생각 또한 초안을 쓰고 수정을 하면서 점차 사라지게 되었다. 하지만, 시간과 노력의 과정을 거쳐 모든 일들은 순서대로 해결되기 시작했다. 덕분에 올 한해는 '할 수 있을까?'의 고민이 '할 수 있다.', '일단 해보자'로 변하게 되는 계기가 되었으며 스스로의 삶에서도 새로운 변화를 맞이하는 기점이 된 것 같아서 스스로 이 전의 나에 비해서 많은 성장을 한 것 같아 뿌듯하다.

작가 **최재원**

한솔이의 에필로그

처음 동아리 활동에 참여했을 때 어색한 분위기가 기억난다. 선생님이 정해주신 조별로 모여앉아 동아리 이름을 정하고, 책을 쓸 주제를 정하던 때까지만 해도 아직 서먹한 친구들과의 대화가 쉽지만은 않았다.

서먹한 친구들에게 내 글을 보여주고 함께 써 나가려 하다보니 잘 쓸 수 있을지부터 걱정이었다.

하지만, 같은 고민을 하는 여러 친구들이 모여 함께 글을 쓰다보니 금방 서먹한 기분은 사라졌고, 같은 목표를 두고 함께 최선의 노력을 기울여 글을 써나갔다.

부족한 글솜씨였지만, 어떻게든 시작하고 써 내려가다 보니 필요한 내용들이 떠오르며, 내 글의 부족한 점도 보이기 시작했다. 비록 이번에는 정보전달의 설명 방식의 글을 썼지만, 다음 기회에는 소설책도 써보고싶다는 생각이 들었다.

작가 **강한솔**

우진이의 에필로그

작년에 이어 유일하게 2번의 책을 쓴 3학년으로 동아리에 참여하게 되었다. 처음 동아리 활동이 시작 되었을 때, 나를 제외한 모든 구성원이 2학년 후배들이라는 것을 알고는 너무 부담스러웠다.

졸업 전 보람을 느끼는 활동을 하고싶어 가입한 동아리였지만, 후배들 앞에서 글을 쓰려니 생각보다 걱정이 되고 부담스러웠다.

이내 동아리 활동이 시작되고, 아이들과 이야기를 나누었을 때, 작년 처음 글을 쓰던 나의 모습이 보이기 시작했고, 자연스럽게 긴장은 풀리고 아이들의 고민을 들어주고 있는 내 모습을 볼 수 있었다.

여전히 글쓰기는 어렵고, 두 번이 아니라 세 번, 네 번을 썼다고 하더라도 나의 글은 부족한 점이 많을 것을 알고 있다.

하지만, 한 권의 책도, 두 권의 책도 다른 어떤 활동들에 비해 명확한 결과물로서 나에게 보람으로 다가온 다는 점은 변함이 없다.

고작 중 3의 나이로 두 번째 책을 쓰게 된 나에게 보람찬 한 해를 보낼 수 있게 함께 해 준 모든 친구들과 선생님께 감사의 인사를 보내고 싶다. 또한 우리의 글을 읽어준 모든 독자분들에게 부족한 글을 읽고 찾아주어 고맙다는 감사의 인사를 보냅니다.

작가 **남우진**

종혁이의 에필로그

　전학 온 학교에서 처음 하게 된 동아리 선택에서 책쓰기라는 동아리를 접하게 되었습니다. '설마 진짜 책을 쓰겠어?'하는 생각으로 시작했던 동아리였는데 선배들이 앞서 쓴 책을 읽으면서 조금 걱정이 되었습니다. '나는 글을 많이 써본 적이 없는데 어떻게 저런 글을 쓰지.'하며 걱정했었지만, 친구들과 함께 이야기를 나누며 시작한 동아리 활동은 생각보다 즐거웠습니다. 글을 잘 쓰는 친구들의 도움을 받으며, 나보다 잘 쓴 글들을 살펴보며, 때로는 나도 누군가 다른 친구들의 글에 대한 조언을 하며 한 장씩 적어나간 종이는 어느새 검은 글씨로 가득 차 있었습니다.

　'시작이 반이다.'라는 말이 이런 말이구나 느낄 때 쯤 우리들의 책 쓰기는 끝나가고 있었습니다.

　새로운 체험에 대한 설렘과 우리 책을 읽는 사람들의 반응에 대한 호기심으로 아직도 하루하루가 새롭고 신나게 흘러가고 있습니다. 우리들의 이야기를 읽어주신 모든 분들게 감사의 인사 드립니다.

작가 **박종혁**

하늘이 높아만 가는 가을이 왔습니다. 쌀쌀한 날씨는 가을을 데려옵니다. 가을 하면 떠오르는 것이 외로움이자 독서던가요. 하늘의 푸른 빛처럼 깊어진 감정과 생각은 새로운 책과 함께 고뇌에 빠지기 좋은 시기입니다. 잘 쓰여진 한 권의 책을 읽는 일은 작가의 오랜 길을 들여다보는 것과 같습니다.

여기 새로운 책이 나왔습니다. 비교적 짧은 삶을 살아온 때묻지 않은 작가들의 생각이 담긴 책입니다. 하루 이틀 고민 끝에 써 내려간 한 장, 한 장의 원고가 어느덧 100여 쪽이 모였습니다. 완성도 높은 책은 아닙니다. 공감하기 어려운 난잡한 글일 지도 모릅니다. 하지만 한 장, 한 장 아이들의 생각이 묻어납니다.

더 좋은 책을 쓸 수 있을 것이라는 자신감이 생겼습니다. 누군가는 두려워서 하지 않던 시작을 우리 아이들이 해냈습니다. 여전히 한 문장의 마침표 하나 찍기가 어려운 아이들이지만, 아이들은 두려워하지 않습니다. 책이 좋아서 모였으며, 한 권의 책을 써냈으니까요.

변한 것은 아이들만이 아니었습니다. 책 한 번 써보지 않은 교사가 어떻게 아이들에게 책 쓰기를 가르칠까 고민하던 시작과는 달리 아이들의 글로부터 그들의 생각을 읽을 수 있는 것만으로도 행복한 일이란 것을 알게 되었으니까요. 잘 쓰고 멋있게 쓰는 것만이 가르침은 아니었나 봅니다. 자신들이 쓴 책을 들고 행복하게 웃는 아이들의 모습을 보니 말입니다. 저에게도 첫 책인 이 책이 끝이 아니길 바랍니다. 아이들과 함께 쓰는 이 책으로부터, 저의 책이 시작이길 바랍니다. 행복과 자신감 밖에 줄 수 없었던 교사에서 행복과 자신감, 훌륭한 글쓰기 능력도 심어줄 수 있는 교사로 발돋움하고 싶다는 욕심이 생겼습니다. 이 책을 쓸 수 있는 기회를 주신 경구중학교와 함께 해 준 아이들에게 감사를 표하며, 우리 아이들의 글이, 목소리가 보다 많은 사람들의 마음에 닿을 수 있는 날이 오기를 기원합니다. 읽어주신 모든 분들께 감사의 마음을 전합니다.

지도교사 **김준성**

2022 청소년 유행어 백과

발행일 2023년 2월 15일

지은이 경구중학교 '17색'

강한솔 김도윤 김선웅 김익찬 김준성 남우진 박기범 박종혁
서제현 우현서 윤준환 은승현 이성윤 이우석 이원준 이인영
최영준 최재원

엮은이 김준성

펴낸곳 매일신문사

대구광역시 중구 서성로 20

053-251-1420~2

값 13,500원

ISBN 979-11-90740-24-1